U0008663

網路小
Novel@Ne
205

不在轉身後哭泣

茫茫人海中，總有一個人在等待著你，
無論什麼時候，在什麼地方，你都知道，始終有這麼一個人。

玉米虫 著

在我面前，妳無須強顏歡笑，無須故作堅強，
讓我陪著妳，分擔妳的痛，妳的苦。
別一個人轉身偷偷地哭。

楔子

武俠小說中擁有複姓的女子或者殘忍，或者溫柔，或者擁有莫測高深的功力，但清一色全都是美女……好吧，還是有幾個不是。

延續了這樣美好的傳統，擁有複姓的我，從童年開始也沒有辜負這樣的傳統，常被稱爲小美人胚子。

雖然隨著年紀的增長，我講話太過直率，常得罪長輩大大掩蓋了這樣的美貌所帶來的優勢，長輩們看見我雖然還是會打招呼，心裡應該恨得牙癢癢的吧，這應該就是媽媽說的「有一好沒二好」。

只是，「歐陽」這樣美好的姓，加上不落人後的美色，理當使我成爲萬人景仰的對象，但爲何……

爲何所有人聽見我的名字之後，都會捧腹大笑，最嚴重的還笑到下巴脫臼送醫急救。

難道「歐陽貴順」很好笑嗎？

「貴」是根據我家的族譜排下來，而「順」呢，則是我爸希望我將來事事如意一帆風順的意思。

這到底哪裡好笑？是很棒的名字啊！

算命老師說我名字取得非常好，可以旺父旺母旺夫旺子旺全家，所以儘管我從小被笑到大，家人卻從來沒有考慮過改名字，連我自己都麻痺了，於是就這麼背負著眾人的笑聲，一路來到大學。

我，歐陽貴順。

因爲要離開台中去台北念書，必須先住在學校宿舍，出發之前，媽媽在幫我整理行李時一把鼻涕一把眼淚的，好像我再也不會回家一樣。

「媽……」我試圖想要喚回這位太太的理智。

「妳不用說，什麼都不必再說了，我懂。」老媽邊擤鼻涕邊說。

問題是我什麼都還沒來得及說，我媽就已經先打斷我。

「媽……」

「我知道，妳無非是想告訴我，孩子長大了終須離巢自立的，我懂，只是我心裡難過，誰又能看見呢？」

媽，我不是要妳演偶像劇啊。

我媽是非常傳統的女性，遵守三從四德，講話總是輕聲細語，非常多愁善感，和瓊瑤阿姨筆下的女主角有異曲同工之妙，我想她和爸爸談戀愛時應該常偏著頭問爸爸，「你愛我嗎？你爲什麼愛我呢？有多愛我？會像天上的星星一樣永恆嗎？」

這麼夢幻的媽媽，卻生下一個講話很機車的我，我想她應該也很失望吧，還好後來生了歐陽貴嘉，不但長相甜美，連個性都夢幻得像媽媽，應該稍稍彌補她心裡的遺憾吧。

「好了，這位太太。」我舉手示意老媽先停止這慘烈的離別戲碼，「先向妳說明，我現在是去台北讀書，不是去非洲讀書，行李怎麼會多成這樣？」

我隨便拆開一個行李袋，從裡面拿出號稱超強力亮光的手電筒和……「這什麼？」

「防火頭套。」媽媽擦乾眼淚，接過我手上那團黑呼呼的東西。「這可有用了，萬一發生火災，可以防止火焰燒到妳的臉，還可以搭配防毒面具使用……」

「妳該不會也買了防毒面具吧？」我望著地上另外五大包行李。「到底都帶了些什麼啊？」

「沒有。」媽媽睜著無辜的大眼睛，「我是想，台灣還沒有亂到這個地步……妳想要防毒面具嗎？」

「不要。」我有點無奈地回答，媽媽其實是非常細心的人，我很感謝她無微不至的照顧和體貼，但哪個北上讀書的孩子會帶防火頭套呢？

萬一我在宿舍裡整理行李，把防火頭套和防毒面具拿出來排在桌上，室友會不會以爲我是恐怖分子？

「我想也是，防火頭套、防火衣和防火襪應該就很足夠了啊，逃跑的時候顧好臉和身體最重要。」媽媽拿著頭套，非常堅定地說。

「防火襪？」好像又聽到了不太對勁的字眼。「在哪裡？」

「我想想……」媽媽偏著頭，「應該和電擊棒放在同一袋才對。」

電擊棒？

我開始擔心行李裡裝的物品會讓我第一天就因爲攜帶違禁品被學校退宿，從此結束我的大學生活。

「媽妳到底還準備了什麼？」我開始檢查每個行李袋，從裡面把不可思議的陌生物品先拿出來。

「小貴，妳別亂動，媽媽好不容易整理好……妳這孩子，那是很重要的防輻射內衣，妳怎麼可以丟出來呢？」媽媽匆匆忙忙地奔跑過來，即便是奔跑，也是有點慢動作的。

「不要這樣踐踏媽媽的心意。」

媽媽把防輻射內衣揪緊貼在胸口，一副泫然欲泣的樣子。

媽，饒了我吧。

第一章

搬到台北之後，我很快地就適應台北的生活，畢竟因爲爺爺奶奶住台北的關係，以前也常常來，只是有一段時間沒上台北，有些記憶中的地方都變了樣子，現在捷運好便利。宿舍有點小，六個人一間，上下鋪，底下是書桌上方是床鋪，媽媽那天看了房間後，邊掉眼淚邊說這樣的地方怎麼能住人。

我安慰媽媽說既來之則安之，反正住宿費都交了，現在也來不及反悔。媽媽和爸爸要離開回台中時，媽媽整個人小鳥依人地靠著爸爸，淚眼汪汪地說好捨不得，讓我也跟著想哭起來。

但這是新生活，我要學會好好去面對。

新學期開始，爲迎接新鮮人，學校裡有好多讓人眼花撩亂的活動，常常讓我在校園裡停下腳步看每個角落發生的事情。離開學還有兩天，學校裡已經非常熱鬧，球場上也總是滿滿的人。

今天是迎新晚會，系上學長姊為了小大一們而舉辦的迎新晚會。之前接到電話，學長說會辦得很熱鬧，所以我抱著非常期待的心情去參加。

不過活動就是這樣，不免俗地大家還是要來個老套的自我介紹，還以為這種場面從離開高中之後就不會再遇到，沒想到該來的還是會來。

晚會以輕鬆的自助餐會方式舉行，大家起初有些卻步，不過沒多久就開始自然地拿著餐點一起聊天，沒有邀請教授們的晚會，少了點相處上的壓力。

學長姊也很用心，每個人都別了精美可愛的個人名片在身上，他們也四處穿梭著和大家聊天。

我就讀的科系是機械工程學系，所以放眼所及，現場大概只有五六個女生，大一新生好像只有兩個女生，這是理工科特有的現象。

當初媽媽知道我要念這個科系，也是哭了幾天，說我一個好好的女生，為什麼念硬邦邦的臭男生科系，後來才慢慢讓她了解這是我的興趣，我喜歡的科系。

雖然不知道為什麼，但從小開始，我對車子和樂高的興趣就遠遠高過芭比娃娃，畫圖時畫的也全都是機器人而不是公主。

歐陽貴嘉就跟我完全不同，她從小就走夢幻公主路線，畫畫全都是穿蕾絲蓬裙的公主，玩具收集的偏好也跟我完全不同，所以我們從來沒有搶玩具的問題，是相處得很好的姊妹。

新生依照各自的學號輪流上台自我介紹，雖然感覺有些彆扭，不過大致上大家也都算大方自然。

在一片和樂融融的氣氛中，我站到講台上，態度從容自然地對台下說：「大家好，我叫歐陽貴順……」

剛說完，同學們已經小小的騷動。

「歐陽盆栽的歐陽，高貴的貴，順利的順，歐陽貴順，大家可以叫我小貴。」一鼓作氣地把這句話講完，台下果然有人忍不住笑出來。

「我想請問這位同學……」看著剛剛笑出來的某位男同學，我用嚴肅的語氣問他，「請問我剛剛說的話有哪裡好笑呢？可以請你分享一下嗎？」

「那個……」那位男同學毫不猶豫地回答，「雖然妳是個漂亮的女生，但聽見妳的名字還是讓我忍不住想叫妳『小貴子』，噗哈哈哈……」

「那我想請問這位同學，你的名字是？」

那位男同學聽見我這麼問，臉上的笑容略微消失，「我叫黃明俊，聰明的明，英俊的傻。」

「會問這問題的你，想必對別人父母所賜予的名字沒有敬意，顯然不是很聰明的作法，看你的長相，也稱不上英俊，既然不聰明又不英俊，爲什麼敢叫明俊呢？」

「這跟那有什麼關係？」那位同學不太開心地回答，「我只是開個玩笑。」

「是啊，你也知道一個人自身和他的名字沒有絕對的關聯，我這樣說你，你聽了是不是也覺得不太舒服呢？」雖然用詞略顯強烈，我還是帶著笑容把想說的話說完，「不是自以爲好笑就可以拿來當成玩笑話，到處揶揄別人，這是無聊當有趣的行爲，我相信現在一定有人覺得我講話太直，但套句電影裡說的話，『不好意思我講話就是這麼直』，謝謝大家。」

非常嚴肅地講完這些話之後，那位男同學的臉色有些難看，全場氣氛也從輕鬆愉快突然間安靜下來。

知道這樣當眾給人難看很不給面子，或許他會不開心。

但我深刻地體會到，如果把不舒服的情緒吞下來，不當場把話講清楚，以後這種不開心的事情會不斷發生，大家以爲無所謂，就會有人拿我的名字開玩笑，而這是我所不樂見的。

不擅長把委屈吞進肚裡，也不擅長說委婉的話，這麼多年來我總是這樣生活著，沒有一絲一毫的遲疑。

下台後我仍然帶著友善的微笑，但剛剛跟我有說有笑的學長，這時候用有些詫異的眼神看我，「貴順，真沒想到妳的個性是這樣的。」

「不然學長以為我應該是什麼樣的個性呢？」我這麼問他。

「呃……」學長面有難色地想了想，「應該不是這麼咄咄逼人的類型吧。」

「這不叫咄咄逼人，這是堅持自己的原則，我人很好相處的。」我對學長微笑，「大家應該慢慢就會了解。」

「那就好那就好。」學長有點尷尬地笑，接著叫住另外一個經過的學長，「啊，孟得！那個流力課助教的研究室……」

或許，有時候選擇說出心裡話，並不是一個好的選擇，但我終究堅持不作假的自己，交到的朋友才是最真的，儘管可能數量很少，可是他們會知道我這個人就是這樣。

一直以來，我都是這麼想的。

迎新晚會過後開始上課，我的課表排得超滿，大一光是必修課程就有二十學分，而且系上的課程看起來都很困難，課程表發下來都是密密麻麻的字，還叮嚀每兩週會小考，小考三次不到就會死當，幾乎每堂系上必修老師都是這樣要求，上過一週之後拿到所有的課程表，我一個人在宿舍用電腦把課表排好，接著安排每天複習的進度。

「妳在做什麼？」室友張容榕從我身後探出頭來。

「排複習進度啊。」我看著電腦，普通物理到底要不要排複習進度？排了會不會和動力學卡在一起？動力學的老師看起來不苟言笑，雖然有學長要給我之前的筆記，但總覺得那應該要花更多時間才對。

「複習進度？太好了，妳的這張課表弄好可以給我一份嗎？」

「妳不是法律系的嗎？」

「對啊，但是我們大一必修課的時間都相同，我看妳複習時間排得挺好的，我把自己的課程進度排進去，就不用重新排格式。」容榕抱著小六法課本，開心地看著我的電腦。

「好啊，既然妳也用得到，當然是最好啊。」

「是啊，我們系上的課也很重，不複習到時候肯定完蛋。」容榕俏皮地笑。「謝謝啦，小貴。」

相處了十幾天，室友互相之間也都漸漸熟稔起來，稱呼也從「歐陽同學」變成「小貴」，這是好的一步。

「才大一幹麼把自己弄得那麼累，那麼多活動和社團，應該多去看一下啊，像我昨天去熱舞社和國標舞社都好棒喔，現在不知道要加入那邊，很苦惱。」一旁歷史系的柳晴云凝視著剛做好的水晶指甲，慢吞吞地說著。

柳晴云是個很漂亮的女生，舉手投足間流露出女性的柔美，講話也比普通速度稍慢些，相處的這段時間，她總是很忙，除了手機響不停之外，寢電響起也幾乎都是找她的，通常她接完電話之後，就會從容地整理好她的名牌手拿包，慢條斯理地出門。

根據她的說法，每天晚上都可以去附近或更遠的夜市逛街，去看夜景、唱歌、騎車兜風之類的，才來沒多久，就有好幾天都沒有在宿舍睡，我都不能鎖上房間的暗鎖。

「看妳喜歡什麼比較多啊，喜歡跳現在流行的韓國舞曲呢，還是喜歡國標。」張容榕坐回自己的位置收信，開始改我給她的課程表。

「可是學長們都很熱心，我不知道該怎麼拒絕。」晴云嘟著嘴，大眼睛眨啊眨。

「沒有人可以幫妳決定，妳自己的人生，難道要別人幫妳過嗎？」我聳肩，「每個人都會有面臨不同抉擇的時刻，妳自己都幾歲了，也該好好認眞想想吧。」

「小貴，妳眞的很無趣。」晴云對著我皺眉頭，「人家也不是眞的希望妳做決定啊。」

「那就不要講這種撒嬌的話。」

「不會撒嬌的女生，很吃虧喔。」晴云吐著舌頭說。「小貴長得不錯，又在男生那麼多的系上，竟然都沒有男生打電話來約，肯定就是因爲嘴巴太壞。」

「我也不想要有人約。」我沒好氣地說。

「妳看，嘴巴硬。」晴云轉向容榕，「容榕，妳說呢？小貴這樣會不會沒有人喜歡？」

「看她大學想要的是什麼吧。」容榕的眼神穿梭在她的螢幕和手寫版本的課表上，努力地更新資料。「我個人是覺得念書比較重要。」

「我覺得念書只要六十分能過關就好了，我要享受人生。」晴云站起身來，把手舉在臉頰旁揮，歪著頭，帶著美麗的笑容對我們說：「出門囉，拜拜。」

「拜拜。」我和容榕異口同聲地回答。

晴云離開之後，我把注意力轉回課表上，卻發現心裡好像有個疙瘩，讓人無法專心，爲什麼晴云會認定我沒有人約是因爲嘴巴太壞呢？

雖然已經做好朋友會很少的準備，但被一個相處不過十來天的室友這樣說，心裡還是有點在意。

「容榕？」

「什麼？」

我很機車嗎？想了想，還是不要問人家這種問題。「沒事。」

「每個人都有對各自生活不同的選擇，妳也不要太在意。」容榕突然天外飛來一句，讓我嚇了一大跳。

「妳怎麼知道？」

「因爲我是擁有無比推理能力的柯南。」容榕轉頭對我擺鬼臉，「眞相只有一個！」

「哈哈……很好笑。」

和容榕聊完，又各自研究自己的課表。我們這一寢一共住了五個人，分別是法律系的容榕、歷史系的晴云、企管系的王令慈、物理系的吳立璇和機械系的我，有張床位是空的，不知道為什麼房間沒住滿，可能現在大家都不想住這種老式的六人房。

話說回來，物理系的吳同學搬來兩天之後，就打電話給她爸爸，說她如果繼續在這裡住下去，肯定會得憂鬱症，空間小、壓迫感重，房間還有怪味什麼的，她爸爸接到電話沒多久就來接走她，不知道搬到哪裡去了。

留下我們幾個人，住在她口中又小又破又臭的宿舍裡面面相覷。那天我也傻眼，眞是什麼樣的人都有。

現在我們總共有四個人，不過企管系的同學除了哈囉、早安、晚安之外，很少跟我們聊天，所以我也不太清楚她在想什麼。

大致上來說，大學生活到現在算是滿適應的，可能因為還沒有感受到讀書的壓力。

定下心來重新看著螢幕，眼角餘光瞥見我的手機螢幕在閃，才發現有人打電話給我。因為在宿舍是團體生活，我不好意思讓自己的鈴聲吵到大家，所以在宿舍裡總是關上鈴聲，把手機放在螢幕旁，這樣，有來電時，就能看得見手機螢幕一明一滅的，剛剛可能太專注於聊天，所以電話閃了一會兒我才看到。

一看，是我媽。「喂……媽？」

「小貴！小貴！」對面傳來媽媽高八度的聲音，「小貴妳怎麼了？發生什麼事？」

「沒事啊，怎麼了？」

「剛剛我打了兩通電話妳都沒有接，媽媽以爲妳發生什麼事了，正要打電話給爸爸叫他載我去找妳……」媽媽邊講邊哭。「妳不要這樣嚇媽媽。」

「媽媽，我沒事，妳不要哭了。」我趕緊安慰她，還好剛剛接了電話，不然接下來她就要報警了。「不過，媽媽，之後我上課時間妳要記好，上課是不能接電話的。」

「爲什麼不能接？接一下告訴我妳在上課不行嗎？」媽媽的語氣有點可憐。

「媽媽，上課的時候接電話對老師很不禮貌耶。」

「那妳一天要上幾堂？」

「我看看，星期二星期三滿堂，星期四下午空兩堂，星期五早上沒課……」

「啊……這樣人家怎麼記得住？」媽媽要賴中，語氣聽起來怎麼和晴云那麼像？

「妳放心，我會把課表用電子郵件寄給爸爸，爸爸會幫妳印出來貼在家裡的冰箱上，到時候妳就知道我可以接電話的時間。」爸爸眞的很厲害，就像爲了保護心愛的女人而苦練功夫的大俠一樣，爲了媽媽練就許多本來不會的事，學烹飪也是爲了要煮東西給媽媽吃，媽媽說要去日本玩，爸爸就去學日文，我想以後媽媽如果說她想去月球，爸爸應該會想盡辦法混進ＮＡＳＡ吧。

這就是我的爸媽，非常特殊的一對，但好令人羨慕，打從我有記憶以來，眞的沒見過他們吵架，有時候是媽媽單方面要任性，但爸爸總是默默地擁抱媽媽，眞的很像偶像劇裡才會有的情節。

「爸爸會幫我弄好嗎？」媽媽聽起來顯然是冷靜下來了。

「嗯，我會交代他今天幫妳印出來帶回家。」

「好啊好啊，那我和嘉嘉今天晚上就在家等妳的課表喔。」媽媽會笑，表示她已經沒事了。

「媽，那我要先忙囉。」

「小貴，不能跟媽媽多聊一下嗎？」

「媽媽還有什麼要聊？」

「嗯……」媽媽想了一下，「今天嘉嘉也去上課，我已經把家裡打掃好了，等一下想去洗頭，妳什麼時候要回家？」

「我才剛來耶，應該中秋節前後才會回家吧。」

「中秋節還有那麼久！」

「不會啦，一下子就到了，媽我要趕緊整理好資料寄給爸，如果拖太晚，他就不能在下班前收到資料幫妳印出來了喔。」

「好啦，要想媽媽喔。」

「知道知道。」

「說妳想媽媽！」這就是晴云說的撒嬌嗎？

「我……」本來想說不要，但又想到如果說了不要，等下媽媽又要一把鼻涕一把眼淚的。「好啦，很想妳很想妳。」

媽媽開心地掛了電話。

唉，看來大學時期要處理的重要事務就是媽媽的失落感。

怎麼搞得媽媽比女兒還更像少女的感覺？

被課程追著跑的感覺非常累，但很充實，雖然同在機械系又同一班，但真的有很多班上同學到現在我還記不得名字。

倒是我，因爲迎新晚會那天的發言，被大家給牢牢記住了。

「歐陽同學……」身旁有個怯生生的聲音，這是班上另外一個女生，廖若蓁。

我們班總共只有兩個女生，這個廖若蓁給人的感覺有點弱不禁風，感覺風一吹就會飄走的單薄。

「叫我小貴就可以了，若蓁。」

廖若蓁露出淡淡的微笑，我相信旁邊許多男生都因此看傻了眼，廖若蓁長相清秀，也擁有一雙漂亮的眼睛，不像晴云那種很豔麗的感覺，但是給人感覺很舒服。

「歐陽同學，我想還是稱呼妳歐陽同學我比較習慣，那個……我想請問妳有沒有抄普物助教的聯絡方式呢？因爲那天上課時我有點頭暈，所以好像沒有記到他們的聯絡方式。」

「普物嗎？」拿出課業用日誌本，記得普物是星期二上課，所以應該在……「有了，這裡。」

把日誌本遞到廖若蓁眼前，「就在這裡，妳抄一下。」

「嗯。」廖若蓁慢條斯理地寫著，字和螞蟻一樣小，看得我都覺得自己散光度數是不是加深了。

因為她寫得很慢，我等著拿回日誌，心裡有點緊張，離下一堂上課時間只剩下五分鐘，我還要從這邊走去綜合教室大樓，「可以快一點嗎？」

廖若蓁抬頭看了我一眼，隨即停下筆。「沒關係，我找別人抄，謝謝妳。」她客氣的聲音讓我覺得有些疏遠的感覺，我趕緊說：「妳可以寫完沒關係，只是因為我還要去綜合大樓上課，怕來不及。」

「沒關係的，謝謝。」廖若蓁講完之後，鞠個躬就轉身離開了，也沒等我繼續說話。

本來想再跟她解釋一下，但時間迫在眉睫，只好趕快往綜合教室跑過去。

到達教室時，剛好上課鐘響，我氣喘吁吁地坐下，開始等老師來上課，一轉頭，看見晴云坐在後面，正和旁邊的男生有說有笑，長長的假睫毛即便是有點距離都可以很清楚地看見，而在她附近有個女生正帶著有敵意眼神看著被男生包圍的晴云。

我和晴云相處過，當然知道她有她的生活態度，不是不贊同，這也是一種生活方式，只是要讓自己活得理直氣壯，應該遠比想像中來得困難吧我想。

開始上課後，我把注意力放回課堂，利用下課時間小睡一下。上課消耗的體力也很驚人，兩堂課上完，我回頭想找晴云，卻發現她人已經不在教室裡了。跑得還眞快，一下課就不見人影。

收拾好東西後，我踏著有些輕快又不太輕快的腳步準備去吃午飯，然後迎接下午討人厭的機械工程概論。

「歐陽貴順！」聽見有人叫我的名字，回頭一看，是班上的男生。但我想不起來他叫什麼名字，他身旁還有幾個也是同班的男生。「要一起去吃飯嗎？」

「呃……好。」遲疑了一下還是說好，畢竟都是同班同學，還是要打好關係。

「想吃什麼？」另外一個男生問我，眞對不起，我也不記得他的名字。

「都好。」

「那……我知道學校附近有一家很好吃的麵店，好吃分量大又便宜，可以嗎？」那男生笑得很開心。

「好啊。」我也跟著微笑。

前往麵店的路上，大家有一搭沒一搭地問我話，都是這個男生問完之後換另外一個問，但其實我不記得他們任何一個人的名字，說來眞抱歉。

關於問題，可以回答的我都會盡量回答，但後來有人問：「貴順，妳喜歡哪一種類型的男生啊？」

聽到這問題，我稍微停頓一下，「我也不知道，這問題很重要嗎？」

「還好啦，大家想知道妳的興趣。」

「我的興趣是讀書和運動，很簡單。」

「哪種運動？」

「籃球、排球、羽球、游泳之類的都還可以。」

「哇！這麼厲害，那……改天可以約妳一起去游泳嗎？」有個男生這麼說完之後，其他人全都哈哈笑起床。

其實我不太了解這有什麼好笑。「笑什麼？」

「沒啊，就笑。」

到麵店後，大家把單子寫好，幾個男生說要請我，搶著去結帳，不讓我付錢，我也賺到一餐飯，原來這就是晴云出門不用帶錢的祕訣嗎？晴云說她出門很少帶錢在身上，通常都會有人幫她付錢。

原來漂亮的女生真可以有特權。

吃飯時我沒什麼說話，靜靜地聽著，男生們自然地聊起他們共通的話題，大概都是魔獸、星海和暗黑破壞神，好像不玩暴雪家的遊戲就稱不上是玩家。

是的，我也會玩線上遊戲，不過沒那麼熱中，只是有時候讀書讀累，上線玩個一小時抒解壓力，沒有特意衝等級，也沒有特地去刷寶物。

吃完飯，我說我還得去一下書局，就先向他們道別了。其實是有點膩，從高中開始，對於男生的話題，總是聽沒多久就意興闌珊。

男生和女生，眞的是不同世界的生物。

很多次我試圖想了解男生，卻讓自己陷入五里霧中，百思不得其解，高中時交過一個男朋友，後來才從他朋友口中得知，我只是他用來跟朋友炫耀的工具。

「我女朋友超正的，羨慕嗎？」他通常都這麼問別人。

後來分手了，心裡沒有任何惋惜和難過的情緒，我還想著自己當初爲什麼要跟這樣的人在一起呢？

不太美麗的戀愛經驗，好像對方只是看見我的外表而已。

所以剛剛聽他們講話，心裡也有點疙瘩在，不知道是不是因爲我多慮，晴云常說我浪費自己這張臉的功用。

「化個妝，在校園裡肯定很吃香。」記得晴云是這麼說的。

但我並不想太出風頭，在這裡，只想好好讀書和生活，戀愛什麼的大可不必了，對自己好像也沒有太大幫助。

在校園裡漫步，抬頭望著都市裡難得出現的高聳綠樹，或許也是忙碌生活中的小小調劑。

回到工學院，迎面而來的好像是同學，又好像不是，機械系男生真的太多，一時之間很難把人和名字都記起來，我想應該要到上升大二才有可能更清楚吧，現在只好都微笑點頭帶過。

「歐陽貴順嗎？」突然有人叫住我。

「是。」轉頭一看，是學長，這個學長我好像在哪裡見過，眼睛雖然小小的，但小得很特別，讓人印象深刻，應該是動力學助教，還是那個什麼的助教？我帶點疑惑地問：「學長？」

「我是動力學助教江大晟，老師交代我，請大家預習課程大綱上第一週進度的部分，先瀏覽過一次，上課才比較不那麼陌生，就算不了解也沒關係，先把單字查一查，才不會上課都不懂。」

「好的，學長，我會跟班代說。」

「妳不是班代嗎？」

「不是。」搖搖頭，班代這種重責大任我是擔不來的。

「那可以請妳當這堂課的助手嗎？」學長小小的眼睛寫滿誠懇。

「助手？」不太懂。

「因爲你們大一班上每星期都要交作業，坦白說，我這個人因爲比較不懂得拒絕人，所以去年當助教時常常收不到作業，最後要給分，老師很爲難，我也很難做人，所以今年希望有個幫手，可以幫我催收作業。」

「扮黑臉的意思？」這是我的理解。

「咳……也可以這麼說。」學長努力睜開不大的眼睛，「當然，如果妳不願意，我也不會勉強妳。」

「爲什麼找我？」

「因爲……那天妳自我介紹時我剛好聽到了，眞的很犀利，我想依妳的個性，催收作業這種事情做起來應該易如反掌，不像我，常常被糊弄，說要交作業，最後還是沒有交，要不然就說寄丟了，或是放在我桌上但是不見了之類的，我不願意懷疑別人，但常常都受騙……」

偷偷打量學長，果然是副誠懇老實的模樣。

學長見我沒有回答，接著又說：「當然，為了感謝妳的幫助，我會每週用我的助教金帶妳去吃頓大餐，或者是妳要換成現金貼補也可以，看妳。」

「我考慮一下可以嗎？」

「沒問題，那妳等一下，我寫張紙條給妳。」學長轉身走進研究室，沒多久又走出來。「給妳。」

看了一下，上面是學長的姓名、研究室分機和手機號碼，學長的字意外地端正工整。

「妳考慮完隨時打電話給我，我到晚上兩點前應該都還不會睡。」

「學長都在幹麼？」

「做實驗。」學長的臉色突然間發亮，「最近我們在做的實驗進度很不錯……」

接下來他講了許多和奈米科技相關的事情，我聽不太懂，但學長講起奈米滔滔不絕的樣子很令人印象深刻。

「學長，我要去上課……」我有點不好意思地打斷學長。

「啊抱歉，我這個人講起實驗就停不下來，真抱歉……」學長頓時紅了臉，講話也變得支支吾吾，和剛剛有莫大的落差。「妳……趕快去上課。」

把學長給的紙條順手夾進課本裡，趕緊往教室跑去。

第二章

「學長找妳當助手？肯定有企圖。」晴云將護手霜擠在手上輕輕地按摩，清爽的香味飄散在空氣中。

還以爲晴云會喜歡的香味，應該是濃烈得讓人招架不住的味道，沒想到會是這種帶著草香味的清淡香氛。

就像對人的第一印象有時候難免會產生錯誤，我必須承認對晴云的感覺有些變化，原本以爲她只是個愛玩成性的富家女，後來發現她對她自己的生活有完整的安排。她說，快樂地玩耍是爲了累積生活經驗，除了那些休閒娛樂，晴云對功課也是很認眞的，這大大改變了我對她一開始的印象。

經過晴云的經驗，我發現人和人之間如果沒有相處過，光憑行爲跟外在的表象就去決定一切是很不公平的。

「會有什麼企圖？」我繼續看著令人眼花撩亂的原文書。

「對妳有意思囉。」晴云這兩天剛染了紅色頭髮，像要燃燒起來似的顏色。

「應該沒有吧。」

「如果有呢？」容榕本來在讀書，這時候也突然插進話題裡來。

「我覺得還是不要想這些有的沒的比較好。」我搖搖頭，「以前的男朋友只喜歡我的臉，其他的他什麼也不知道，我喜歡吃什麼、興趣是什麼，他通通不知道，只是交代我出門要打扮，年紀小的時候，對談戀愛這件事情有幻想，到現在我已經學會對戀愛不抱希望。」

「嘴硬。」晴云開始刷睫毛膏。

「那就不要期待，比較不會受到傷害吧。」容榕看著課本，「順其自然吧。」

有時候會覺得容榕太過理性，很少看見容榕情緒化的行爲，或許是因爲讀法律的關係，容榕對各種狀況都可以用法律立場來分析，因此在寢室中常發生民事訴訟案件分析，還好到現在都沒發生過刑事訴訟。

我自己也不願意多想，畢竟只憑一件小事就去猜測其他人的心意感覺太不客觀，就讓一切回歸它本來應該有的樣子，好好地進行。

「反正沒有損失。」容榕最後這麼說。

是啊，沒損失，這樣也可以讓學長多教我一些課業上的事情，雖然是動力助教，但既然能考上研究所，應該也有兩把刷子吧。

後來發訊息給大晟學長，說我願意當他的助手，學長幾乎是立刻就回訊息給我，上面只寫了簡單的，「好的，謝謝。」

學長眞的是惜字如金。

「對了！」接到學長的訊息之後我問晴云，「妳決定好社團了嗎？」

「早就決定好啦。」

「是什麼？」

「熱舞社。」晴云轉過頭看著我笑。我必須承認，如果我是男生，應該會被這笑容迷得神魂顚倒，難怪每天有這麼多人打電話來約晴云，也難怪古人會說「一笑傾人城，再笑傾人國」，晴云的笑容，會誘惑人掉入犯罪的陷阱。

她太美太豔，而且太令人招架不住。

這種女生非常危險，但男生還是前仆後繼地送上門來。

我說這是種奇異的弱肉強食，容榕卻說這是共生。總之，雖然如此，晴云倒也把大家控制得服服貼貼，沒有發生一點衝突。

大學生活，或許可以比想像中的精彩吧。

「學妹，想請問一下妳會打羽毛球嗎？」這時候學長突然又傳了訊息給我。

「會。」

「那太好了，新生杯羽球賽我們需要一個女生，可以請妳加入嗎？」

「好啊。」

我很喜歡運動，總覺得流過汗之後會把所有的煩惱都忘記。

「那太好了，明天晚上六點半，體育館練球，妳有球拍嗎？」

這麼快？「我沒帶球拍，在台中家裡。」

「好吧，那我先借妳，下次妳記得把自己的球拍帶上來，用自己的球具還是比較順手。」

學長交代完事情，連個再見也沒說就沒有再回傳訊息了。

大學生活的第一個月，感覺有些太過於忙碌，和以前比起來，可能就是多出了許多活動和自由選擇的空間，以前高中的時候，學生沒有別的選擇，只能想著要好好讀書考上好的大學。

至於愛情，有或沒有，對我來說，好像都沒有太大差異。

「走了唷，拜拜。」晴云又要出門去，臨走前還不忘問我們，「消夜想吃什麼？幫妳們帶回來。」

「不用了，謝謝。」我和容榕在這點倒是挺有默契地一起回答。

晴云依然笑容燦爛，他一離開，寢室頓時安靜下來，我和容榕繼續念書，而一向就不太在寢室裡說話的王令慈，此刻卻突然冒出一句，「妳們爲什麼要容忍她？」

「容忍？容忍什麼？」我問。

「容忍她擁有不正確的價値觀，並且企圖以此來影響妳們的人生態度。」很少講話的令慈，一講話就是得理不饒人的直率。

「嗯。」容榕只說了這個字。

「我覺得還好。」

「妳們被誤導了，現在的生活方式，不應該以追求物質爲第一目標，她利用自己的外在去吸引別人投注心力，根本就跟青樓女子沒有兩樣，怎麼可以不爲眾人撻伐呢？」令慈講話好文謅謅啊。

「我覺得妳也不用想太多。」如果是兩個星期之前，我大概會同意令慈的話，但這陣子以來，因爲看見晴云在各方面的努力，心裡也稍稍放下對她的成見，只能說是每個人的價值觀不同，並不能用這樣的方式去斷定別人的生活是對或是錯。「只是生活方式不同罷了。」

「話不投機三句多。」令慈看了我一眼，眼神非常值得人深思，總之是含有眾多意思的眼神。

「是啊，妳別說了。」一直都沒說話的容榕這時也開口，「道不同不相爲謀。」

看來這房間充滿了擅長使用成語的高手，還是繼續研究我的微積分比較恰當。

人和人之間的相處，眞的需要很多磨合，雖然大家住在一起是緣分，但這種不相同的磁場，要讓大家彼此之間相處愉快，需要高深的智慧。

爭論過後，寢室一片死寂。

「妳們應該要多念點書。」最後，令慈這麼說。

「不勞您費心。」我沒說話，卻聽見容榕的聲音淡淡地說出這幾個字。

或許，人和人之間就需要這麼多的空間去磨合。

那晚，直到晴云回來之前，整個寢室都充滿了令人窒息的沉默。

只有偶爾翻書的聲響，打破一室寧靜。

不知道爲什麼人和人之間要因爲「不同」而互相批評，令慈對晴云有這麼不堪的評語，又試圖讓我們全都去評價晴云，難道是正確的嗎？

每個人都有各自的價値觀，我認爲沒有誰絕對正確，這世界上沒有一種「絕對正確的生活方式」讓我們依循，就算有，這樣每個人不就都相同了嗎？

人之所以是人，是因爲我們和動物不一樣，每個人都有不同的想法，互相激盪出各種火花，如果每個人都只遵循相同的方式生活，不就和看動物星球頻道的節目一樣了嗎？動物們因爲生存的本能而產生相類似的行爲。

我不是很懂令慈的立場，也不知道她爲什麼要針對寢室裡的其他人，但她這樣住在這裡，突然讓我覺得不是很舒服，寢室應該是能讓人放鬆，而不是大家針鋒相對的場所，我不想把場面弄得太僵。

感覺我把自己弄得很亂，還是不要多想，微積分還在等我。

由於和大晟學長約好一起打球，所以下課後趕緊跑來體育館，準備活動一下快要僵硬的筋骨。

球拍還在台中沒帶上來，就先借了學長的球拍。學長人真好，一般球員的球拍是不會互相借用的。

在球場邊拉拉筋，拿著拍子做動作，突然覺得熱血沸騰，站上羽球場，心情也亢奮起來，用漫畫畫面來表示，就是背後會有火焰在燃燒的樣子吧。

想起以前和爸爸一同打羽球的心情，那時候，我只專注著要把爸爸打過來的每一球送回去，是一種單純拚鬥的精神。

什麼事情都是單純最好。

現在情緒都太多太複雜了。

站在對面的學長，並沒有因爲我是學妹就手下留情。他毫不猶豫地把握任何一個可以得分的機會，狠狠地擊潰和他對打的我。

一局終了，我站在場邊擦汗，大晟學長走過來，帶著難得一見的笑容對我說：「打得不錯喔。」

「還不錯吧。」我很開心地笑著，對於羽球，我有相當的自信，畢竟爸爸以前也是個選手，我從六歲開始就跟著他一起打球。

「不過我想妳應該也有一段時間沒碰球了，腳步有點不順。」大晟學長滿身的汗，

「這樣要打贏新生杯有難度，看來還是要多訓練。」

「是嗎？」我不服輸地問。「我覺得自己的腳步沒有問題，贏得新生杯對我來說一點困難也沒有。」

「但我覺得妳應該多加強體力的部分。」

「如果我贏得新生杯冠軍，學長要向我道歉喔。」今天對練的過程中，知道了大晟學長是系上羽球隊的隊長，他對羽球的熱忱大概和做實驗無異吧，旁邊另外一個學長，說大晟學長的人生除了實驗就只剩下羽球。

「連女朋友也沒有交過，就把一生奉獻給實驗室和羽球。」那位學長是這麼說的。

「說『一生』也太嚴重了吧。」聽完只覺得好笑。

「也是，希望能有女生來解放他。」那學長又看了我一眼。

最近老是被這種富有深意的眼神盯著，讓我心裡覺得似乎需要變身成雷神索爾來解救世人才可以了。

解放什麼啊？如果說到解放某人，這世界上我唯一想要解放的應該只有媽媽吧，我要把她從瓊瑤的世界中救出來，讓她不要老是一把鼻涕一把眼淚地演著偶像劇，並且再也不要在我行李裡放些令人匪夷所思的物品了！

「貴順學妹，其實妳很漂亮。」和這學長聊了這麼久，我還是不知道他叫什麼名字，只記得他的下巴很長，就叫他長下巴學長吧。

「謝謝學長。」

「如果不是我有女朋友，應該會很想追妳吧。」

「謝謝學長的抬舉。」很可惜我不喜歡下巴太長的對象。這句話我沒有說出口，容榕最近告訴我，講話之前要先停三秒，覺得講出來之後不會惹惱對方，才可以把話說出來。我想，這句話應該會讓長下巴學長不太開心，所以就沒有說出來。

自從認識了容榕，大大減少了以言語使人暴怒的機會。

「以後系羽的女生就靠妳了啊！」學長突然把手放在我肩膀上，語重心長地說：「請妳帶領羽球隊走向光明燦爛的未來吧。」

「耶？」聽完這話，我暫時有些不能消化，「我？」

「你不要欺負學妹好嗎？」大晟學長這時候突然在旁邊出現。「好不容易今年有個學妹會打羽球，請不要嚇跑她。」

「好好，知道了。」那個學長轉身繼續回到場上練球。

「學妹，今天還好嗎？」大晟學長問我。

「還好。」有點逞強，明明腳已經瘦到不太走得動。「不過我願意承認自己太久沒打球，技巧有點生疏。」

「不要緊，多練就會回來的。」大晟學長笑起來眼睛會瞇成一條線。「那邊有一個場地，我們去練習抽球好嗎？」

跟著大晟學長的腳步往球場移動，突然發現體育館門口有一堆人走進來。

而其中有一個男生，擁有我非常熟悉的臉龐。

那瞬間，我差點以為自己的心跳停了。

那是高中時候暗戀的排球隊學長，賴祺瑞。

我停下腳步，傻傻地看著很久沒見的學長，不懂他為什麼會出現在這裡。記憶中，他好像進了某個體育大學，怎麼會出現在這裡？是我認錯人了嗎？

「怎麼了？」大晟學長看我停下腳步，轉過身來問我。

「沒事……」我搖搖頭，「應該是認錯人吧，他不應該會在這裡啊。」

「誰？」

「剛剛走進來的那些人裡面最高的那個，皮膚很黑，穿紅色運動褲的人。」

「賴祺瑞喔，物理系的啊。」大晟學長往我說的方向看過去，隨即說出我很熟悉的那個名字。「好像也很會打排球，上次系際杯和我們系上對打過。」

「真的是他……」我自言自語。

「妳認識？」

「嗯……」突然有點慌亂，祺瑞學長不知道還記不記得我。「以前高中的學長。」

高中時候，他在校內非常有名，學校排球隊比賽的戰果輝煌，很多得分都是經過學長的手。他練球時我常抽空去看，一看就是一兩個小時，當時學校裡還有學長的粉絲團，不過我沒加入，只是在旁邊默默地支持著。

一段時間沒消息，又看見本人，有時光倒流的感覺，好像又回到高中那個青澀的自己，避開粉絲團會去的地方，自己偷偷地在遠處看他練球、比賽，有一次還假裝生病，蹺課去比賽場地，只爲了看他比賽。

「是喔，這麼巧，世界好小。」大晟學長說完之後又對我說：「來練習吧。」

「好。」雖然跟著踏上球場，也跟著揮動球拍擊球，我的心思終究沒有放在眼前飛舞的羽毛球上，而是想著人就在附近的祺瑞學長。

其實後來我送過東西給他，不過不知道他記不記得我。

當時送禮物給他，他說他記得我的臉，因爲常常在比賽中看見我，所以有印象，那時聽到眞的很高興，不過也僅止於高興，因爲那時候學長身邊一直有個很漂亮的學姊，幫學長遞毛巾擦汗，兩個人相視而笑時，甜蜜得讓旁邊的人都好羨慕。

那時候，我對學長一點非分之想都不敢有，深怕破壞這份美好的感覺，總覺得祺瑞學長和學姊一定會過著幸福快樂的日子。

不知道他們現在怎麼了？

正胡思亂想著，沒發現自己往後退得太遠，踩到裝羽球的空罐，腳下一滑，就這麼屁股著地，重重摔在地板上。

從脊椎傳來的痛楚讓我臉部表情扭曲，大晟學長神色緊張地跑過來，「貴順學妹，還好嗎？」

「還、還好。」

大晟學長伸出手，把我從地上拉起來，攙扶著我到旁邊長凳上坐下。

一坐下，頭上一片陰影籠罩。

抬頭，因爲天花板燈光太亮，只看得見眼前黑黑的一張臉。

「歐陽……貴順？」陌生又熟悉的聲音。

「是。」

「我是賴祺瑞，好久不見。」

砰！我腦海中像是有什麼炸開來，轟地，思緒四散奔逃。

學長記得我。

「講到這位賴學長的事情，妳的伶牙俐齒就消失得無影無蹤，完全變成一個粉紅色的小女人。」這是容榕聽完我今天的遭遇之後的評語，「粉紅色的。」

「哪裡有？」我有點不好意思。

「看看妳的樣子，聽聽妳的語氣。」容榕看著筆記，旁邊依然擺著六法全書，語氣依然非常冷靜，她以後肯定會是很專業的律師。

「好吧。」我頹然地趴在書桌上。

「根據妳的狀況研判，學長應該還說了些讓妳魂牽夢縈的話？」

「哪有什麼魂牽夢縈？」我不自覺笑起來，「就說好久不見，沒想到會遇見我，現在讀哪個系，如果有什麼不懂的地方可以問他啊。」

邊講邊覺得不好意思，唉唷，是以前那個帥氣的祺瑞學長耶。

「看來寢室又要有一個人常常不在了。」容榕往晴云總是空著的位置看過去。

「說到這個，令慈最近怎麼也常常不在。」

「她好像也要搬走了。」容榕持續著穩定的翻書聲，一心多用的本事令人佩服。

「昨天看到她去申請轉宿，說和室友相處有問題。」

「我看她才是引起問題的那一個吧。」我挑了挑眉。

自從上次和令慈話不投機的聊天之後，她就常常講話酸人，說什麼像我們這種錯誤的價值觀最後會走向毀滅之類的。有一天我眞的忍不住和她吵起來，叫她好好想想到底誰才有問題，每天顧著責怪別人很有成就感嗎？她被我罵到毫無招架之力，後來就不說話了。

其實我不想要把氣氛弄得這麼僵，只是覺得很煩，令慈每天這樣碎碎唸，還拚命詛咒人，說我們都不制止晴云，也會有報應。晴云回來，還會一直告訴她什麼淫亂有罪，弄得晴云也不太想回寢室。

「搬走也好，省得烏煙瘴氣。」容榕的評論依然一針見血。「再這麼下去，可能會有刑事案件發生。」

「我不會生氣到動手啦，妳放心。」我和容榕打哈哈，這寢室好像只住了我和她兩個人，每天晚上我們都一起念書，她認眞地寫共筆背法條，我則是抓著頭髮和微積分、普物還有工圖奮鬥。

「我不是說妳。」容榕這句話讓我抖了一下。

機械系的生活說忙也還好，說不忙又眞的很忙。很多人才大一，就在打聽將來專題要跟著哪個教授做研究，也有很多人根本就沒來上課，但總是會在學校外面遇到他們在吃飯聊天，或是下了課在球場遇見。我不禁有點疑惑，大學生活如果只是想要來吃飯、打球，爲什麼要選擇交這麼多學費來做這些事情呢？

像大晟學長一樣認眞不是很好嗎？

自從答應了學長要當他的助手，每堂課我都認眞地叮嚀同學要交作業，也會在前一天用 Line 傳訊息給同學們，提醒作業內容。大晟學長也提供上傳路徑，同學們除了選擇交紙本，也可以用電子檔上傳交給他。

剛開始一兩次不交作業的同學，我會親自跑去找到本人，先進行道德勸說，如果不行，就寫下他的手機號碼，告訴他，我會請教授本人親自來要作業。通常這樣講完，他們都會乖乖地回去寫作業，就算是抄別人的，也得交出來，這就是規矩。

也因爲如此，我常和大晟學長實驗室的人一同去吃晚飯，每到晚飯時間，學長就會從實驗室打電話來或是丟訊息給我，約我去吃飯，也都是浩浩蕩蕩的七八個人同行，清一色都是男生，但因爲大家對我的態度都還滿自然的，我也滿喜歡和他們一起，他們也常開玩笑說有女生一起吃晚飯感覺眞好。

人和人之間的相處應該就是這樣吧，如果眞誠對待，對方也會回之以眞誠。長下巴學長有時候也會亂起鬨，說什麼我眞的很炙手可熱，大學部的學弟看見我和他們一起吃飯，也拚了命想要和他們實驗室的人一起行動。

「哪有那麼誇張？」我跟長下巴學長講話總是沒大沒小的，「誇大其詞。」

「眞的！」長下巴學長露出很誇張的表情，「妳不知道嗎？妳現在是機械系三大美女之一，而且還是最難約的那個。」

「謠言止於智者。」這次換我用頗富深意的眼神看著長下巴學長，「這句話的意思就是說，當一個人有智慧……」

「好了好了，我知道那句話什麼意思。」長下巴學長打斷我，「總之，本實驗室因爲有妳而蓬蓽生輝，以後考慮走自動控制工程這方面，嗎？我們實驗室可以空出最好的位置給妳，可以擁有爲數眾多的免費服務，免費陪讀書陪打球陪做實驗，當然如果我們可愛的小貴有其他的需求，學長也可以……」

「停停停。」我摀住耳朵，「我不想聽骯髒的部分。」

「骯髒，我是說如果需要幫忙打掃之類的，嘖，小貴心思很歪啊。」

「學長才是滿腦子不正常思想。」

平常和學長間的相處大概都是這樣，大晟學長很少開玩笑，講話的時候也總是討論實驗和打球，偶爾聊聊生活。比起來，我和長下巴學長的對話還比較多，雖然大多數都是些沒營養的廢話。

手機響起，像鬧鐘一樣準時，是媽媽。

「晚安。」我接起電話。

「寶貝，妳今天過得好嗎？想媽咪嗎？」媽媽甜滋滋的聲音透過電話聽起來很年輕，如果騙人家說這是大學生，應該也會有人相信。

「嗯，很好啊。」

「上課累嗎？什麼時候回家？媽媽好想妳喔。」

「大概下個星期吧。」

「妳去上大學，媽媽好不習慣喔，有沒有乖乖穿防輻射衣？妳每天都要用電腦，一定要穿那個，不然會被電腦的輻射影響到，這樣對身體不好喔。」

「媽，那是電腦又不是核子反應爐，不會怎麼樣的啦。」

「小貴，妳要聽媽媽的話啊，不然媽媽會擔心，萬一妳回來，發現妳掉頭髮，或是哪裡生病了，媽媽一定會很自責沒有把妳照顧好，爸爸也會很難過的。」

要不是這個人是我媽媽，我聽完這些話應該會神經斷裂。

「媽，眞的不會有事，妳不要擔心。」我深呼吸，講出最容易打發媽媽掛電話的絕招，「知道媽媽在擔心，也會讓我很難過的，媽媽妳不要想太多，我一定會好好照顧自己，也請妳要和爸爸好好地幸福生活喔。」

「嗯！」媽媽立刻開心起來，用嬌羞的語氣說：「我和爸爸很幸福啊。」

「媽媽不要太晚睡了，皮膚會不好喔，晚安。」

「嗯！寶貝晚安安。」

掛掉電話，室內彷彿有陣冷風吹過，容榕幽幽地開口，「看見妳平常是什麼樣子的人，應該很難相信妳會這樣說話。」

「我希望不會有人知道。」

「我知道。」

「我要滅妳口嗎？」

「刑法第二七一條，普通殺人罪，殺人者，處死刑、無期徒刑或十年以上有期徒刑。前項之未遂犯罰之。預備犯第一項之罪者，處二年以下有期徒刑。」容榕非常順暢地唸出了刑法條文。

「哈哈哈。」

很感謝大學生活裡認識容榕，因爲有容榕，我克服了和這麼多不認識的人同住的不適感，也因爲室友都在不同科系，所以認識了許多其他科系的女生。機械系的女生實在太少了，同班那個廖若蓁又不太跟我說話，如果沒有容榕，眞的會在男生堆裡發霉。

寢電響起，我和容榕對看一眼。「找晴云的吧。」

寢電離容榕比較近，所以她接了電話，接著一臉狐疑地轉過來，「找妳的。」

我？啊大概是大晟學長吧，也只有他會打電話給我了。

「你好。」我拿過電話。

「嗨，聽說妳很難約。」這聲音充滿笑意，卻是陌生的。

「請問你是……」

「我是賴祺瑞，有空出來逛逛嗎？很難約的機械系美女。」

耶？聽完這個問句，我握著話筒，突然化成石像。

「不方便嗎？」學長見我不回答，又接著問。

我搖搖頭，然後發現自己在這裡搖頭學長也看不見，趕緊說：「不是。」

「那現在有空嗎？」

「有。」我傻愣愣地點頭。

「好，五分鐘後在妳宿舍樓下門口等妳，好嗎？」學長的聲音好像有磁力，把我的思緒都吸了過去。

「好。」

放下電話，我走回自己的位置，碰地一聲坐下。

「誰？」容榕問。

「學長。」

「哪一個？」

「賴祺瑞學長。」

「喔。」容榕這聲喔拉長了尾音。「做什麼？」

「他說要找我出去逛逛。」

「要記得回來。」容榕揮揮手，「快換衣服吧。」

我還呆在座位上，腦海裡迴盪著學長稍微低沉有磁性的聲音，這是第一次接到學長的電話。

等一下？他剛剛是不是說機械系美女？

被學長這麼一說，心裡眞有說不出的開心，比其他任何人說都還要來得更令人高興。

「好了，別表現得像個花痴，破壞我心裡那個強悍又溫柔的歐陽貴順的形象，快點出去。」容榕轉頭做了個鬼臉。

「才沒有呢。」我換好衣服，腳步輕快得像要飛起來。「出門囉。」

「要回來睡覺唷。」容榕很壞地笑著。「沒回來的話，我要告訴小貴的媽媽唷。」

哈哈哈，容榕眞可愛。

第三章

下樓時，學長已經在門口，身上還是俐落簡單的運動服和乾淨的球鞋。看見我的時候學長露出微笑，臉上迷人的酒渦微微勾引著附近的女孩子。

沒想到以前只能遠遠欣賞的學長，現在竟然近在眼前，有種作夢的感覺。

「嗨。」學長舉起手向我打招呼，身高超過一八〇的學長站在宿舍門口，也引起許多女生的注意。我想，學長在大學裡也應該和以前一樣很耀眼吧。

「學長好。」

「不用這麼拘束，可以叫我祺瑞。」

「不了。」我搖頭，「學長就是學長。」

「那也隨妳。」學長淡淡地微笑著，「想去哪裡？」

「我也不知道。」

「那就陪我走走吧。」

學長舉步往前，我也跟著學長的腳步走。

以前也總是偷看著學長的背影，所以覺得學長的背影在記憶中非常鮮明，那麼穩健地往前走，頭也不回地離開。

「怎麼走在後面？」走了幾步，學長停下腳步轉頭看著我。

「呃……」總不能說我習慣偷看他的背影吧。

「來。」學長輕輕拉著我往他身邊靠過去。

這突如其來的動作讓我全身僵硬，站在學長的身邊，有種怪異的感覺，但學長的手很溫暖，所以……所以……

感覺有股熱流突然往上衝到臉部，我的臉開始滾燙燙地冒著煙。

「學……學長不是在台中讀大學嗎？怎麼會在這裡出現？」我結結巴巴地問。

「喔，妳知道我在台中？」學長先是好整以暇地帶著笑意看我，接著又說：「本來是在台中，後來覺得環境不適合，所以重考了，現在也才升大二而已。」

「原來如此。」

話說我還是第一次晚上在校園散步，平常都是和大晟學長吃完飯一起走回來。是因爲方向不同，所以這次才覺得特別不同嗎？

還是因為學長？

夏末，風裡仍然有著討人厭的黏膩感，秋天的感覺，大概只能在滿地的落葉裡尋找吧。

學長沒有繼續說話，他走在道路外側，讓我走在裡面，時不時會拉著我，避免我踩進路上的洞或是撞到過低的樹葉。

沒有交談，氣氛也不會不自然。

只是我的心跳一直都太快，而且太大聲。

走著走著，來到球場邊，球場依然燈火通明，夜晚，學生都聚集到這裡來，打球的打球，也有看人家打球的，還有自己默默練習基本動作的人。球場的縮影，和人生又有什麼不一樣呢？

有些人努力練球得不到回報，有些人仗著身高高，欺負那些身高矮的人，有些人自以為厲害就得意忘形，有些人真的很厲害卻還是很謙虛。世界很大，而人的心太狹隘。

「在想什麼？」學長溫柔的嗓音又出現在耳邊。

學長以前的聲音是這樣的嗎？記憶中沒有太多關於學長說話聲音的印象，以前都記得他打球大聲吆喝的樣子，原來私底下學長說話的聲音很溫柔，帶點讓人陶醉的低沉。

「我也不清楚。」搖搖頭，無奈地笑笑，「覺得世界有點複雜啊。」

「這麼年輕就在想世界的事情，會不會太早熟？」

是這樣嗎？「我覺得現在的人就是沒有世界觀，世界很大，每個人都只想著自己的事情，看著自己的事情，沒有去多想，在我們活著的地方之外，有更遼闊的世界，有更多需要珍惜的事物，地球正在死去，可是很多人只關心今天，只關心自己，要不要蹺課，忙著打電動刷副本，新聞老是報導名人不堪的隱私，這哪叫新聞，台灣以外的地方，有些戰爭讓小孩都無辜地死在砲火中，這些重要的事情都傳不到我們耳裡，再這麼下去，我們將來要怎麼教育自己的孩子？」

講得有點激昂，我想學長大概有點嚇到。

「好孩子。」沒想到學長竟然這麼說，接著伸手摸著我的頭髮，「漂亮的外表下，也有顆漂亮的心。」

「沒、沒有啦。」聽到學長這麼說，我又突然結巴起來。天啊，我竟然在學長面前高談闊論，眞是。

從以前到現在，我的最大問題就是常常情緒一來，該講的事情、不該講的事情通通都講出來，連罵人都可以連珠砲似地狂罵，最後讓人家沒有台階下，事後我也覺得有些抱歉。

沒想到這毛病今天第一次和學長散步就發作了。

「走吧，沿著校園散步，陪陪我。」學長講完之後，拉起我的手往前走。

耶？學長這動作又突然讓我不能思考，體溫升高，接著我發現自己走路同手同腳。

「學……學長，那個，不用練球嗎？」因爲找不到話題，又不知道怎麼掩飾自己的困窘，只好隨便抓個好像可以聊起來的事。

「我現在不打排球了。」

只是簡單幾個字，卻讓我很震驚，以前那麼意氣風發地站在球場上，現在怎麼不打球了？「爲什麼？」

「以後再慢慢告訴妳。」學長依然拉著我的手，沒有要放開的意思，我很怕等一下自己會流手汗。「現在陪我靜靜地走一走就好。」

「學長心情不好嗎？」

「也不算是，只是看見妳，感覺自己變得比較單純一些。」學長看著我微笑，我覺得心跳又失去控制。爲什麼這附近沒有什麼很吵的聲音，好掩飾我的心跳聲呢？

學長接著又說：「本來以爲來這裡之後會比較快樂，結果好像沒有比較快樂。那天看見妳，眞的嚇一跳，我很怕自己認錯人，因爲妳變得和高中的時候不太一樣。」

我們停下腳步，學長看著我，手指撫過我掉落在額前的髮絲。

「妳……以前喜歡我嗎？」學長把額頭緩緩地抵在我的額頭上，發出輕柔聲音的嘴唇，就在我眼前不到五公分的地方，他長長的睫毛在顫動著。

這情況來得又猛又急，我完全沒有招架之力。

「我……」怎麼才幾秒鐘，就頓時覺得口乾舌燥，剛剛明明還覺得天氣很好、空氣很清新，現在……

「嗯？」學長輕輕地哼一聲，好像想等到答案之後才把頭移開，我覺得我額頭溫度應該高達四十度了吧。

「我……」怎麼辦？

「哈囉！」這個時候，突然出現打招呼的聲音，我趕緊轉開頭看向聲音的來源。

長下巴學長？

「唷，小貴學妹，今天天氣不錯喔。」長下巴學長走過來，看著祺瑞學長。「這位是？」

「這是賴祺瑞學長，我高中的學長。」

「喔，你好。」長下巴學長伸出手。

「你好。」祺瑞學長也伸出手，臉上還是一貫的微笑。「我是貴順的學長賴祺瑞。」

「對了，小貴，剛剛大晟在找妳，說這次作業有問題，老師要找妳討論，他說妳沒帶手機，他找不到妳。」長下巴學長

「手機？」我從口袋拿出手機，「有嗎？」

長下巴學長拉住我的手，「反正妳現在光跟我走，老師剛好在實驗室。」

「喔喔，好。」我點頭。

「不好意思啦，老師在找她，眞是太辛苦了，這麼晚還要被老師召見，再見啊，這位小貴的學長。」長下巴學長拉著我往系館方向跑，態度十萬火急。

「學長，對不起，老師找我。」我邊跑邊回頭對學長說話。

「沒關係，妳忙。」

離開了學長的視線，我才終於變得輕鬆。

那個問題，我該怎麼回答呢？

到達實驗室，門一打開，大晟學長正對著畫面飛快地按著滑鼠。

這畫面是……暗黑破壞神三？

「學長好。」我有點疑惑地打招呼，不是說作業有問題十萬火急嗎？依照大晟學長負責任的個性，現在應該在看作業，怎麼會是在打電動？

「小貴？」學長將遊戲角色傳送回城鎮，回頭看我，「這時候來實驗室做什麼？」

「耶？」聽到這問題我更困惑了。

「那個，」長下巴學長衝過來，拉著大晟說：「啊，老師剛剛說作業有問題，他沒告訴你嗎？」

「是喔？」大晟學長皺眉，「那……妳等一下，我去問。」

大晟學長走出研究室，長下巴學長也跟著出去，剩下我站在那邊。因爲很無聊，所以偷看了一下學長的角色，想不到裝備還不錯，於是偷偷用學長的角色跑去玩耍。

沒多久，他們兩人一前一後走回來，看見我在玩遊戲有點驚嚇。「小貴妳會玩？」

「嗯，我有帳號。」我把人物傳回城鎮，站起身來，「不過沒在刷寶物，只是隨便練。」

「改天我帶妳跑。」大晟學長還是笑笑的。一樣是笑容，大晟學長的笑容感覺就很無害，看著不會讓人臉紅心跳，而是覺得大晟學長很真誠的那種笑容。

「作業的事情怎麼了？」

「對，作業……」大晟學長突然有點臉紅，講話也支支吾吾，「作業……老師說剛剛看錯，以為出錯題目，現在沒有問題了，不好意思，這麼晚還把妳叫過來。」

「對啦，不好意思。」長下巴學長跟著猛鞠躬。「老師看錯了，哈哈哈。」

「學長，不要這樣啦。」其實就某方面來說，長下巴學長算是拯救了處在那種境況下的我。

想到那個畫面，又忍不住臉紅心跳。

「沒什麼事我就先回宿舍了喔。」趕緊轉身，想要掩飾自己的不安。

「我跟妳去。」大晟學長登出帳號，關掉螢幕，也跟著站起身來。

「不用，我自己回去就好。」

「我剛好要過去那邊拿東西。」

「喔，好。」

和學長走出系館，剛剛被烏雲遮住的月亮突然探出臉來，月色下，學校裡爲數眾多的樹影顯得不那麼陰暗。

「妳回去上線把妳的帳號和 tag 給我，我可以把妳加入，之後就可以連線。妳練什麼角色？」

「狩魔獵人。」

「那好，我那邊剛好也有些裝備可以給妳。」

「謝謝學長。」

我們沿著路不斷走著，有一搭沒一搭地講話，大多都講些實驗的事情，學長也說到以前大學時發生的糗事。

有些辛苦，和老是被誤會成將來要當黑手的哀傷，眞的要讀機械系才會懂。

「學長沒有女朋友喔？」

「沒有。」大晟學長抓抓頭。「妳不要叫我學長啦，叫我大晟就好。」

「大晟。」沒想到講起來意外順利，爲什麼祺瑞學長要我叫他名字時，我就不自在地說不出口呢？

「有！」

「學長很冷耶！哈哈哈。」

一路說說笑笑，回到宿舍門口，大晟問我，「小貴明天下課要打羽球嗎？」

「好啊。」

「那明天見，晚安。」大晟說完之後轉頭就往回走。

我則是走進宿舍。回到房間時，容榕已經念完書，正在上網看臉書上的東西。她轉頭看到我，說：「有點太久。」

「後來還去了實驗室。」

「實驗室？」容榕很狐疑地說：「哪裡的實驗室？」

「一時之間也說不清楚……」我抓抓頭，「總之……」

「我念完書了。」容榕把椅子轉過來對著我，「這表示我現在有很長——的時間可以聊天。」

看著容榕，知道她打定主意要了解今晚發生什麼事，我也只好坐下，把晚上的事情一五一十地說出來。

說到學長牽著我手，容榕靜靜地說：「完蛋了。」

「爲什麼？」

「妳繼續。」

雖然很困惑，我還是把後來的事情慢慢講出來，但是想到那些畫面，我就忍不住覺得體溫升高、智商降低。

「後來……學長靠著我……」要把這種事情講出來也太可怕了，我以前沒有過這種經驗，沒想到講出來跟看色情影片一樣難以啓齒。

「哪裡靠著妳？」容榕果然是法律系的，很有追根究柢的精神。

「就……額頭。」

「靠著妳哪裡？」

這是繞口令嗎？

「這……這裡。」我按著自己的額頭。

容榕吸了很大一口氣。「歐陽貴順，妳怎麼反應？妳有沒有賞他一巴掌？」

「沒……沒有。」

「我心目中強悍無比的歐陽貴順竟然縱容性騷擾？」容榕拿起六法全書開始翻找，「刑法第二二四條，強制猥褻罪：對於男女以強暴、脅迫、恐嚇、催眠術或其他違反其意願之方法，而爲猥褻之行爲者，處六月以上五年以下有期徒刑。」

「沒那麼嚴重啦。」

「小貴，女性性自主意識非常重要，妳要了解，沒有人可以輕易觸碰妳身體任何一個部位。」容榕非常嚴肅地看著我，「除非妳允許。」

「我知道。」

容榕看我都沒有繼續說話就接著問：「所以妳喜歡他嗎？」

「我也不知道……」人家說當局者迷果然是眞的，自己是主角的時候，腦袋通常都變得不清楚，「我以前是很喜歡他沒錯。」

是啊，以前眞的很喜歡他，看著他打球的樣子，贏球和輸球都非常有風度地向裁判還有對手道謝，永遠風度翩翩，就算場上的氣氛火爆到快要打起來了，還是可以感受到他不慍不火的從容。

這就是我以前喜歡的賴祺瑞。

不過很多年沒見，我現在也不太清楚自己是怎麼了，是爲什麼這麼緊張，又這麼容易臉紅心跳呢？

「容榕，喜歡一個人是怎麼樣的感覺？」

「這六法全書沒有寫，我不知道標準答案，不過，喜歡一個人，根據言情小說的說法，應該是會覺得頭暈、發熱、口乾舌燥，一下子興奮一下子失落這樣吧，聽起來很像是重感冒發高燒。」容榕去書櫃裡翻出言情小說：「這裡有寫，『蕾蕾想起，當洛君靠近自己，近到可以感受到他的呼吸時，總覺得臉無端端地發熱。當洛君的手指貼著自己的曲線緩慢移動，沿著他的手指滑動之處，好像有火焰燃燒著，她無法忘記洛君把自己火熱的身軀貼著她，她感受到洛君男性的力量，那巨大的』……」

「好了好了可以了……」我趕緊打斷容榕，「這是一本什麼樣的言情小說啊？」

「我也不知道，前兩天去租書店，店員推薦我看的，說最近很紅。」

「這跟色情小說有什麼不一樣？」

「後面更限制級，妳要聽嗎？」

「不要。」我搖頭，「這就是喜歡一個人的感覺嗎？怎麼感覺那麼不眞實？」

「喜歡的情緒又不能標準化，不是符合哪些條件就能成立的。」容榕把那本言情小說放在桌上，「不過，我想如果妳認眞問自己，應該可以得到答案吧。」

「我現在也還不清楚。」頭腦很混亂，學長到底爲什麼要做出這樣的動作呢？「學長爲什麼要問我這種問題？」

「往好的方面想，他對妳告白了。往壞的方面想，他是姜太公釣魚。」

「啊?」又是成語，我討厭成語。

「願者上鉤啊，接下來就看妳願不願意了。」容榕打了個大哈欠，「我得睡覺了，明天八點有課。」

「晚安。」

跟容榕道過晚安之後，關上寢室的大燈，我在自己的書桌前，看著電腦上的作業，卻沒有辦法認眞寫，腦子裡滿滿是祺瑞學長的問題。

這個問題，我自己也不知道答案。

隔天和大晟學長一起打球，熱身時，覺得應該聽聽別人的意見，所以就開口問了，「大晟，你在什麼情況下會問女生喜不喜歡你?」

「我想一下。」打了兩顆高球來回之後，大晟說：「如果是我，應該是被灌酒，醉到無法自制，才會有這樣的狀況。」

「爲什麼?」

「我也不知道爲什麼，妳問，我就想答案。」

「那你以前怎麼向喜歡的女生告白的？」

「我沒有。」

「沒有？」聽到這句話，我驚訝得沒接到球。

「嗯。」大晟想了想，又補充，「喜歡應該很自然地讓對方知道，也讓對方回應。」

這說法好籠統，不過也算是個答案，可以做爲參考。

熱身完畢，走去休息區喝水時，長下巴學長帶著女朋友出現在場邊，一臉幸福洋溢的樣子。

「學長好。」我熱情地向學長打招呼。

「唷，這不是我們傳說中很難約的小貴嗎？」長下巴學長走過來。

「很難約到底是怎麼回事？爲什麼最近常聽到人家說我很難約？」這眞是我心中最大的疑問，根本沒什麼人約我啊。

「我也不知道，大學部的學弟都這樣說，他們常看到妳和我們實驗室的一起吃飯，心裡都超幹的，說什麼要約妳吃飯都約不到。」

「有嗎？」我開始認眞回想，「我的確是拒絕過幾次，第一次和班上男生出去吃飯的經驗不太愉快，後來他們要約我再去吃飯，我就拒絕了。難道是這個原因嗎？還是因爲那次班上約唱歌，我也沒去的關係？還是他們約夜衝泡溫泉看日出，我也不想去。不過，我都有好好地把理由說完啊。」

長下巴學長目瞪口呆地說：「妳果然很難約啊，小貴。」

「有時候覺得怪怪的啊，像他們約我去游泳的語氣，都讓我不太自在。」

「游泳？」長下巴學長立刻笑咪咪地說：「小貴我可以約妳一起去游泳嗎？」

「不可以。」我搖搖頭，「學長要陪女朋友去才對。」

「我要照顧學妹啊。」長下巴學長看向女朋友，「對不對？」

「歪理。」那個女生的笑容既寵愛又縱容，看來是深知長下巴學長的人。

「休息好了嗎？」大晟走過來問我。

「嗯。」

「我也要打我也要打，來雙打。」長下巴學長拉著女朋友，也不熱身就衝上場。

「來吧，讓我這正義的化身挺身而出，打敗你們這邪惡的作業雙人組，放馬過來吧。」

「打球打球。」大晟對實驗和羽球眞的有愛，只要講到這兩件事，他的臉上都會有種滿足的笑容，不論怎麼累，實驗怎麼跑不出來，老師怎麼刁難他，都可以笑笑地說：

「沒關係，繼續弄。」

長下巴學長說大晟學長是沒有脾氣的人，常常被欺負，本來我不太相信會有這種人，相處了一陣子，發現大晟還真的就是這種人，有些學弟擺爛不交作業，上課不到，考試也不到，最後分數超難看，才來拜託助教高抬貴手。如果是我，應該會把這些人罵得狗血淋頭，叫他們回家好好想想自己做人要不要這麼無恥。

但在大晟的人生中，好像沒有惡有惡報這件事，他會盡力去幫助這些平常不上課不交作業，也不來考試的渾蛋，有時候還會幫他們跟老師求情。

「爛好人。」長下巴學長常這麼說大晟。

「眞的。」我心裡也是這麼想。

平常總是溫和的大晟，只在打球時才會讓人看見他的狠勁，也只有在球場上，會看見他無害的笑容轉成殺氣。

只有那時候，才覺得大晟變得帥氣了一些，哈哈。

看來如果要幫大晟介紹女朋友，應該要帶女生來球場看他，當場帥度加分。

這幾天和大晟一同練習羽毛球，默契也培養得不錯，沒多久就把長下巴學長給殺得落花流水，結束這一回合。

下場休息喝水時，長下巴學長直嚷嚷，「不公平不公平，我每次出手都擔心會不會打到我心愛的女朋友，沒辦法展現我的實力。這樣吧，大家交換女選手再打一場。」

「明明就技不如人還牽拖。」自從學會了「頗具深意的眼神」這招，我常常應用在長下巴學長身上。

「什麼技不如人？讓妳見識一下我機械系系羽王牌的力量。」長下巴學長拿著球拍揮舞，還擺出金雞獨立的姿勢大喊，「獨孤九劍！」

我看著長下巴學長的女朋友，對她說：「學姊辛苦了。」

經不起學長無賴的要求，我和學姊交換位置之後加賽一場，結果兩邊的比數一直在拉鋸，也因為站在大晟的對面，我更清楚看見他的眼神。

只有此刻，他的眼神流露出一種銳利的感覺，像老鷹捕捉獵物時那種專注。

「小貴貴，我們要拚了拚了啊！」

「不要叫我小貴貴。」

「這時候怎麼可以鬧內訌呢？小貴貴。」

「就說不要叫我小貴貴。」因為分神回了這句話，害我好好的一顆球給打出界外。

我回頭，用拍子指著長下巴學長，「你不要擾亂我啊！」

「恰北北！」

「討厭鬼！」

我和長下巴學長毫無團隊合作精神地在場上互相叫囂，直到最後，我們因爲互相叫罵而耗盡體力，輸在對方手下。

「都是妳啦！」長下巴學長怒瞪我。

「你很幼稚耶，爲什麼像小學生一樣找人吵架？」

「妳才幼稚，說什麼討厭鬼，什麼年代了還有人罵對方討厭鬼的嗎？」

「不然要罵你什麼？」

「我怎麼知道？發揮妳的想像力啊。」

雖然輸球，但感覺很痛快。

「好了，兩個都很幼稚，請就此打住。」大晟邊喝水，邊看著我和長下巴學長之間幼稚的小學生吵架戲碼搖頭。

「哼。」我故意哼了長下巴學長一聲。

「我才要哼呢。」長下巴學長也不甘示弱。

我們互相瞪視著，沒多久，兩個人就哈哈大笑起來，接著大晟和學姊也笑了。

大家把球拍收拾好，在一片笑鬧聲中走出體育館。長下巴學長帶女朋友去吃飯，大晟和我則是往宿舍方向前進。

「明天晚上新生杯羽球賽妳要上場，會緊張嗎？」

「怎麼會？我很厲害。」

「是打得還不錯……」

「咦？」我故意問他，「怎麼聽起來像話中有話？難道是『打得還不錯，不過要贏球有困難』或者是『打得還不錯，不過太臭屁了』這樣的意思嗎？」

「也不是。」大晟學長有點不好意思地抓抓頭，「好啦，應該是打得還不錯，不過在處理球的時候不夠謹慎，如果能更細膩地處理球，加強一些速度的話，會更好。」

「大晟……」我很認真地想了想，「我很感謝你的建議，我知道你是認真在爲我考慮，不過你不覺得，你這種直來直往的態度要交女朋友會有難度嗎？」

「什麼？」大晟像是不懂我在說什麼。

果然他只聽得懂羽球和實驗的事情嗎？

「就是啊，我是你的學妹，和你相處一陣子，還算了解你的個性，所以知道你是認眞觀察我打球的樣子才提出建議。但一般女生這個時候會喜歡學長對她說：『妳眞的打得很好，一定會得冠軍。』這之類雖然很假，但聽起來很窩心的話，再舉一個例子……」我轉過頭看著大晟，「學長，我漂不漂亮？」

「呃……」大晟突然後退兩步，很認眞地看著我，「嗯，算漂亮。」

「你看你看……」我舉起手指搖動，「這樣是不行的喔，如果是你喜歡的女生問你這種問題，你應該要立刻、馬上回答『妳在我心裡是最漂亮的』。『算漂亮』是什麼回答？學長要多訓練一下，女生就是喜歡聽這種哄人的話啊。」

「是喔。」大晟陪著我走到宿舍，對我說：「早點休息，晚安。」

「晚安。」在我說完晚安之後，大晟就轉身往來時的路走回去。

我看了大晟幾秒，隨即回頭走向宿舍。

唉，如果要讓大晟順利追到女朋友，要很長的時間訓練啊

「貴順。」黑暗中，低沉的聲音叫著我的名字。

腳步一頓，我緩緩地回頭，發現宿舍旁的樹下，有個頎長的身影緩緩走出來。

「嗨，晚安。」學長溫柔地微笑著。

我站在原地，不知道該不該往前走過去。

第四章

沒有什麼時間留給沉默和尷尬，學長直接走到我身邊問我，「現在有事嗎？」

「我得回去洗澡讀書。」我小小聲地說。

雖然我以前喜歡學長，可是說不上來現在對學長的感覺是什麼，是對以前的眷戀，還是對他本人的意亂情迷呢？

我不太清楚自己的混亂是爲什麼。

「我肚子餓。」學長很可憐地按著自己的肚子。「陪我吃晚飯？」

「學長現在還沒吃嗎？」

「是啊。」

還以爲學長只會很溫柔地笑著，沒想到他也會肚子餓。（這不是廢話嗎？）

在我的印象裡，只留著學長扣球時高高跳起的模樣，自信且帥氣，這次重新見到學長，也從另外的角度看見了不一樣的他。

或許遠遠觀望著的，過去我喜歡的那個人，也只是個普通人。

「想吃什麼？」

「牛排。」

「那學長可不可以再等我一下，我上樓換件衣服好嗎？」總不能帶著一身的汗臭和學長去吃飯吧？

「好，我等妳。」

小跑步上樓，進門後，容榕看見我就說：「回來了，有事情要跟妳說。」

「好，說吧。」我邊回答邊快手快腳地換衣服。

「怎麼不去洗澡？」

平常運動完回寢室第一件事就是洗澡，今天竟然沒洗澡就在換衣服，也難怪容榕這麼問。

「我要出門，學長在樓下等我。」

「喔，那個讓妳變得軟弱不堪，連話都說不好的學長嗎？」容榕轉過頭，電腦螢幕停在臉書的小遊戲上，顯然已經複習完今天的進度。

反而是我，最近幾天因爲打球和學長的事情，晚上不在宿舍的時間居多，回來也都是在和容榕聊天。

換好衣服出門前，我問容榕，「妳剛剛要跟我說什麼？」

「這……有點複雜，等妳回來有空再說吧。」容榕面有難色。

感覺容榕很煩惱，但是學長在樓下等，我心急地衝出門。「我會盡快回來。」

「沒關係，沒那麼急。」

走到樓下，學長一派輕鬆地倚在宿舍旁的樹上，臉上雖然帶著笑容，可是感覺有些疲憊。

「走吧。」學長看見我，便拉起我的手往外走。

於是，碰上學長就變得軟弱不堪的歐陽貴順，乖乖跟著學長一直走一直走，居然一路走到了停車場。

「要去哪裡？」

「吃牛排啊。」學長跨上摩托車，將安全帽遞給我。

「學校附近沒有得吃嗎？」有些裹足不前，這樣時間會拖太晚。「我們在學校附近吃好不好？」

「拜託。」學長放下安全帽，雙手合十，用小狗求饒的眼神看著我，「那家好吃的牛排館不會很遠，大概十分鐘的路程。」

唉，我默默地接過安全帽，容榕說得沒錯，我變得軟弱又沒用，爲什麼碰到學長，平常可以說出口的話全都說不出來呢？

跨上學長的機車後座，坐穩後，學長遲遲沒有發動，讓我很困惑。

「學長……該出發了。」

「爲什麼？」

「呃？」這問題要問你啊施主，鑰匙在你手上，摩托車也是你的，爲什麼問我呢？

「妳還沒坐好。」

「我早就坐好了啊！」我左顧右盼，難道這機車還有別的座位可以坐嗎？還是有什麼機關？這不就普通摩托車嗎？跟我家的不會有太大差異吧，應該是坐在後座無誤吧。

「這樣……」學長先轉向右邊，把我的右手拉到他腰上，再轉向左邊，把我的左手拉到他腰上，然後示意我雙手交握。「好了，這樣才叫坐好。」

我又呆住了，任由學長擺佈的情況愈來愈明顯，爲什麼呢？

學長騎車速度不快，但此刻我慶幸他無法看見在後座面紅耳赤的我。因爲學長把我的手環在他的腰上，我又不想把身體都貼在學長身上，所以形成一種很奇怪的畫面。

由於得抱著學長，可是爲了不讓自己整個人貼在學長身上，得很用力把背打直，這動作很費力。

還好學長沒說謊，牛排店不太遠，過了幾個紅綠燈就到達目的地。

學長停了車，我迫不及待地放開手跳下來。

「後座坐墊上有刺嗎？」學長看著我一副火燒屁股的樣子，好整以暇地這麼問我。

「不是啦，哈哈。」我乾笑，怎麼能說是因爲不敢貼著學長，硬是撐著弄到自己快抽筋了呢。

「來。」學長停好車，伸出手拉著我進店裡。

進到店裡，發現已經將近十點，卻還是高朋滿座。生意這麼好，應該不會不好吃吧。服務生領著我和學長到座位上，點好餐，我就跑去自助沙拉吧裝沙拉。

正在熱食區走來走去時，發現我們班的廖若蓁也在熱食區裝湯。

「嗨，若蓁。」我走到她旁邊和她打招呼。

廖若蓁抬起頭看見是我，露出淺淺的微笑說：「嗨。」

「妳剛來嗎？」我邊裝沙拉邊和她聊天。

「來一下子了。」

「什麼比較好吃？」

「每個人口味不同，我也不知道怎麼推薦妳。」若蓁還是淡淡地笑著。

這時學長走過來我身旁說：「這種蔬果沙拉很好吃，妳試試看。」

此時，若蓁抬頭看看學長，又看看我，我趕緊說：「若蓁，這是物理系的學長賴祺瑞，學長，這是我同班同學，廖若蓁。」

「學長好。」廖若蓁微笑時嘴角勾起的弧度實在很美麗。

「嗨。」學長對她揮揮手，又轉頭對我說：「要喝南瓜濃湯嗎？我幫妳裝。」

「好。」

學長聽完我的回答，走去旁邊幫我裝湯，我回頭想和若蓁繼續聊天時，發現她已經走掉了，她的座位和我的位置有點距離。

回到座位上，享受眼前的美食，和學長有一搭沒一搭地聊著，才知道學長是因爲在台中的學校練球時間太長，受了傷，讀的又不是自己喜歡的科系，所以後來毅然決然休學重考。

「重考的時候很辛苦，不過還好現在一切都值得。」

「對啊，學長考上這裡眞的很值得。」

「不，會值得是因爲又遇見妳。」

本來才在想，和學長吃飯好像比和學長散步來得輕鬆，因爲不用聊到一些令人口乾舌燥的話題，沒想到才幾分鐘，已經出現了這種讓人不知道該怎麼回話的語句。

「學長不要這樣說，怪怪的。」

「上次問妳的問題，妳還沒有回答我。」學長雖然坐在對面，因爲桌子不大，靠近我的時候，還是離正在吃東西的我很近。

我把嘴裡的食物嚥下去，慢慢往後靠在椅背上，拉開自己和學長間的距離，慢慢地說：「我以前的確是喜歡學長的。」

我特別加重「以前」這兩個字的語氣。

「那現在呢？」學長繼續追問。

「現在的事情很難說。我以前雖然喜歡學長，卻沒有想過其他事情，一直認爲只要默默喜歡學長就夠了，所以到現在，我還是覺得，學長在我眼裡就是以前那個球打得很好的學長……」還是要把話講清楚，容榕說得對，我不能讓自己在學長面前就變成什麼都說不出來的人。

「學長現在這個問題其實讓我覺得很尷尬，因爲我眞的沒有想過有一天會再遇見學長，和學長一起吃飯，或者是……」和學長牽手之類的。但後面的話我沒說出口。

沒想到學長聽完這番話，竟然摸了摸我的頭說：「好孩子。」

「啊？」這是什麼意思？

「我本來也不清楚妳會是什麼樣的女生，現在聽完妳說的話，愈來愈覺得妳可愛。」學長笑得很開心，「我會讓妳從現在開始也繼續喜歡我，可以嗎？」

「啊？」什麼可以嗎？

「妳不回答，我就當成是可以囉。」學長講完，不給人反駁的機會，就站起身去裝飲料。

還沒來得及反應，廖若蓁突然走過來對我說：「這是普物的助教嗎？」

「不是。」我搖頭。

接著，廖若蓁什麼也沒說，就又轉身走掉。我看著她走回自己的座位，和同桌的男生繼續吃飯，那幾個男生我好像有點印象，應該有一兩個是我們班的，剩下的我不太認識。

啊，對了，這時候不是認同學的時刻，剛剛學長說的那些話，該怎麼回應才好呢？

而且，明明應該很苦惱的我，爲什麼心裡會有一絲甜甜的感覺呢？

「大晟……」是的，又到了大晟老師的心海羅盤……不是，是大晟老師的羽球課時間，只有這種時候，大晟才會把心裡的話說出來。「大晟大晟大晟……」

「什麼事情？」大晟吊了個小球。

「你在什麼狀況下會說一個女生很可愛？」我往前兩步接回去。

「嗯……」

他說完「嗯」之後，我們又無言地對打了十分鐘，我等到頭髮都快白了，他還是沒有繼續說。

「大晟……」我又問：「妳該不是沒有當面稱讚過女生很可愛吧？」

「這樣說也不太對。」

「不然是怎樣？」

「等一下再跟妳說。」通常大晟這樣說，就表示他不講下下，所以我也不逼問他，畢竟這是他的隱私。

那天吃完牛排回到宿舍，一向注重養生的容榕已經入睡，而一向都晚睡的晴云還沒回來，令慈除了有些雜物還留在原處，基本上已經搬走了。

一間六人寢室只剩下我們三個，感覺有點悲傷。

洗完澡後不久，晴云回到寢室，她輕手輕腳地打開門，看見我還醒著，無聲地向我打了招呼，接著就默默地開小燈卸妝梳洗。

這也是我覺得晴云很不錯的地方之一，她雖然晚歸，但很尊重我們這些比較早睡的人，回寢室發出的聲響都不太會影響我們休息，連我這種淺眠的人都很少被她吵醒。

會尊重同住室友的人，品行也不至於有什麼大問題。

反倒是令慈，她那樣的價值觀，還有強迫人一定要做什麼的態度，才讓人不舒服。

不一樣的生活，只代表彼此的價值觀不同。

做人處事的態度不同，才會是衝突的最大起因。

「小貴。」大晟的聲音把我喚回球場上。

「怎麼了？」

「妳今天不太專心。」

「我在想事情。」

「喔。」

一般人不都會問「在想什麼」，只有大晟會回「喔」這種讓人完全接不下去的話。不過我已經習慣了，經過這陣子和大晟的相處，我知道他就是這樣的人，他不是對實驗和羽球之外的事情都不關心，他都默默地看著，只是不太會說出來。

像上次和長下巴學長還有他女朋友打羽球，本來打完第二場，長下巴學長還想再打一場，但大晟就說他累了想去吃飯。

後來吃飯時，長下巴學長的女友告訴我，不是因為大晟想吃飯才結束賽局，而是大晟和她一組時，發現她右腳的移動看起來不太方便，下場之後問她腳怎麼了，她說有點痛，大晟也是喔了一聲之後就沒繼續說話，後來長下巴學長吵著要繼續比賽，他才說他很累，要休息去吃飯。

那天聽了。我深深覺得大晟學長真是好人，一定要幫他介紹女朋友，這種好男人快要絕種了。

「收工。」大約打一個小時左右，大晟就說要休息了。

「為什麼？」

「妳晚上要比新生杯。」

「對耶！」我這才想起來自己晚上要比賽，要不是大晟提醒，可能真的會都忘光光。「謝謝。」

「而且妳今天不太專心，會很容易受傷。」大晟把球拍收進球袋裡，看著錶問我。

「五點十分，妳要先吃點東西嗎？比賽是七點半吧。」

「其實我不清楚是幾點。」我訥訥地回答。

「我看一下。」大晟拿出筆記本，「是七點半沒錯。」

於是我和大晟收拾好就離開體育館，往小吃店出發。現在這時間，大家都剛好下課要去吃飯，所以路上人潮很多，大家結束一天的課程後要去吃飯，應該都很開心。

到小吃店，因爲大晟說要比賽，不可以吃太飽所以只點了陽春麵。這時手機響起。

我一接，「喂。」

「晚餐時間到了。」學長低沉的嗓音從話筒那端傳來。

「我已經在吃飯了。」

「跟誰？」

「我學長。」

「妳學長不就是我嗎？」

「我當然還有其他的學長啊，系上的學長。」

「那……吃完飯想去哪裡？我帶妳去。」

「我要比賽喔。」

「什麼比賽？」

「新生杯羽球賽。」

告訴學長比賽時間和地點，陽春麵正好送來，熱呼呼的樣子好吸引人。

吃飯時，我和大晟看著不知所云的新聞，十分感嘆台灣的媒體把台灣的新聞弄得格局很小，整天都在報導八卦，常常國際上有些重要的新聞，台灣都看不見，眞的有意義的頻道還會被打壓，沒有經費。

「電視台也要賺錢的。」大晟淡淡地說。

「要賺錢就不用有人性了嗎？」

「其實，這些反映出來的不就是人性嗎？有人愛看，才會有人一直追問。」

「也是，所以，國民的素質低下才是問題的根本嗎？」

「生活太苦，需要多些刺激性高的調劑。」大晟雖然和我意見不同，他的話語還是讓我停下來思考。

原來還有這樣的思考方向。

我總用自己的方式思考，很多時候不太接受別人的意見，但大晟那種平穩的態度，總是讓我可以停下來思考他說的話。

「大晟你真的很厲害耶。」

「有嗎？」大晟把大碗餛飩麵吃了個精光。

吃完飯我和大晟一路慢慢散步回學校，因為大晟說，如果走得太快，等一下比賽會不舒服，所以我們用超慢的速度在路上走。

「大晟以前有女朋友嗎？」

「有過。」

「是怎麼樣的人？」

「笑起來會讓人心情放鬆的女孩。」

「你很喜歡她嗎？」

「很喜歡。」

「那後來呢？」

「以後再跟妳說。」大晟又這麼說。

果然每個人都有不能碰觸的過去，即便是像大晟這樣看起來很溫和的人，也有說不出口的往事，是傷心或是開心都無從得知，但應該都是很深刻地刻在大晟心裡吧。

「大晟，你爲什麼都不生氣？」

「生氣沒有什麼好處啊。」

「但是別人都利用你的好脾氣進而欺負你，這不是很悶嗎？」

「如果心裡不覺得那是欺負，那就不是欺負，這樣想不是會比較好嗎？」大晟慢條斯理地說著，好像總是沒有情緒。

「之前剛認識你的時候，覺得你好像對什麼都不關心，後來才發現，你都是默默地付出，這樣很吃虧。」

「你不覺得吃虧，就不會是吃虧。」大晟還是這麼說。

我憂慮地看了大晟一眼，「你不會出家吧？」

這句話一問完，大晟倒是笑出聲音了，「不會。」

「那就好。」

到達比賽場地，已經有很多人在熱身，也有人已經在比賽，我和大晟老神在在地走到場地邊，看著場上的人廝殺。

「稍微動一動，不要讓身體冷掉，等一下再陪妳熱身。」大晟這麼交代。

大晟陪著我到旁邊拉筋、熱身，兩個人胡亂扯些有的沒的。

「比賽不通知我，眞是太沒意思了。」學長的聲音突然出現在身後，我驚嚇地轉身，果然看見學長帶著一貫的笑容佇立在我身後，只是今天的語氣稍微帶些……怒意？

「小比賽而已。」

「妳的比賽，我都想看。」學長走過來，溫柔地摸了摸我的頭髮，看向大晟，「這是……」

「我學長，江大晟，也是我的教練。」恭恭敬敬地介紹大晟，人生要是沒有大晟，會少了很多建言。

「你好。」學長伸出手，「好像不是第一次見面了。我是貴順高中時候的學長，我叫賴祺瑞，以後貴順系上的活動和課業，要麻煩你多多替我照顧了。」

我疑惑地看向學長，爲什麼要這麼說話呢？

大晟伸出手，還是淡淡地說：「喔。」

這才發現原來大晟和學長差不多高，兩個人站在一起，雖然都帶著微笑，卻有一種劍拔弩張的感覺，是我多心了嗎？

就在這時候，比賽要開始了。

抓起球拍，沒時間再胡思亂想。

比賽時間拖得比想像中長，而且因爲體力不足的關係，最後我根本跑不動，在四強賽中飲恨止步。

收好球拍，我走到附近的椅子上休息，心裡面滿滿的不甘願，眼眶熱熱的。我把自己看得太高了，還以爲冠軍手到擒來，結果卻是這樣。

「走吧。」大晟對我說。

比賽過程中，大晟一直在旁邊觀看，幾度暫停，他都很嚴肅地告訴我要堅持到最後，雖然他明明就知道我體力不夠。

眞的很懊惱，我也把世界看得太容易了。

「嗯。」我站起身，才發現祺瑞學長已經不在這裡，可能時間也太晚了吧。

雖然如此，心裡對學長的離開還是感到小小失落，原本以爲他也會支持我到最後，沒想到……但其實我沒有身分要求人家爲我做些什麼，我就只是個學妹。

儘管學長說出那樣曖昧的話語，我還是覺得自己仍然是以前那個站在遠處看他的學妹，和學長靠得太近，好像總是有些陌生。

「難過的時候，不要忍，就哭一哭。」大晟突然冒出這句。

「啊？」

「不要忍著在沒人看見的時候哭，這樣沒有人可以陪妳。」

其實聽到這裡我有點眼眶發熱，但不想讓大晟看見，所以硬是打起精神，還拍了一下大晟的肩膀，「哈哈，不要想太多啦。」

「那就好。」走出體育館之後，大晟問我。「會餓嗎？」

「不餓。」我搖搖頭。

「好，那就回宿舍休息。」說完，大晟轉往宿舍的方向前進。

聽到這句話覺得疑惑，就問了大晟，「你會餓嗎？」

「嗯，有一點。」大晟摸摸自己的肚子。

停下腳步看著大晟，這才發現原來大晟很高，平常大晟都站在距離我兩三步的位置說話，所以不覺得他那麼高，是今天他和學長站在一起，才突然發現的。

「那你為什麼不會叫我陪你一起去吃呢？」

「因為妳不餓。」

「不餓也可以陪你去吃。」

「不需要，妳不餓的話可以回宿舍休息，這樣比較好。」

想起那天學長叫我陪他去吃飯的情景，怎麼好像感覺哪裡不太一樣？

大晟陪著我走回宿舍，簡單地說了再見就離開。

反倒是我，看著大晟的背影，突然想叫住他，陪他去吃飯。他真的是個很善良的人，一定要快點介紹女朋友給他才可以。

回到宿舍，剛巧對上容榕哀怨的眼神，「妳回來啦。」

「怎麼啦？一臉不開心。」

「我在等妳。」

「什麼事？」

容榕看著我幾乎全濕透的衣服，「妳先洗澡吧。」

「好。」

「對了。」容榕在我轉身離開寢室前叫住我，「比賽還好嗎？」

「嗯。」雖然帶著微笑點頭，但關上門，我才發現我一直都忍著眼淚。

雖然假裝不在意，我還是很頹喪，與其說我輸了比賽，不如說我輸給自己的高傲。一直以爲能輕輕鬆鬆到手的冠軍，原來只是我的幻想。我在比賽後感受到現實的殘酷，也才知道，我把一切都想得太容易。

長不大啊我。

洗了個時間很長的澡，從頭到腳，希望能洗去今天的懊惱，並且記住不要再用這種自以爲是的態度去面對事物。

回到寢室時，回復成神清氣爽的自己吧。

踏進寢室前，深呼吸，推開門，果然看見還是一臉哀怨的容榕。

「到底怎麼了？」我看著容榕的苦瓜臉，突然覺得好笑起來。

「有件事情要拜託妳……」容榕還是用那副苦瓜臉看著我。

「什麼事？」

「就是……我有兩個哥哥妳知道的。」

「知道。」容榕不太提起家裡的事情，所以我也只是知道她有兩個哥哥這樣而已。

「我二哥，他在網路上看見妳的照片，命令我一件事。」

「命令？」我失笑。「妳二哥命令妳？」

「妳不知道我二哥有多恐怖……」容榕露出驚恐的眼神，「他會把我壓在地上……」

聽到這裡，我腦袋裡突然浮現出不好的畫面，難不成容榕被她二哥……

「把我壓在地上，用口水和鼻涕往我臉上塗……」容榕接著說，內容卻是我想像不到的……骯髒？

「啊？」我腦海裡不好的畫面頓時停住，換成了不衛生的畫面。

「有時候，還會故意在吃完大蒜之後，把我壓在他臉前面，叫我聞他嘴巴裡的味道。」容榕用手抱著頭，眼神渙散。

聽到這裡，我實在不知道該說什麼才好。

容榕心有餘悸地搖搖頭，「我不要想了，總之他命令我，他想和妳……」

難不成他也想要把我壓在地上塗口水嗎？我驚慌地看著容榕。

「和妳當筆友。」容榕幾經掙扎，終於說出了這句話。

「當……」我停了一下，「筆友？」

「是的，筆友。」容榕非常正經地對我說：「而且他說這星期他就要收到第一封信，否則下星期我回家就有好戲等著我。」

「寫 e-mail 可以嗎？」

「不行，他堅持要手寫信，他說那才像筆友。」

「妳哥是什麼年代的人啊？」

「他熱愛老式浪漫。」

「那我叫我媽當他筆友可以嗎？」

「不行，他指定要和妳通信，拜託拜託。」容榕雙眼含淚地看著我。

看著容榕恐懼的眼神、顫抖的身軀，我實在無法拒絕。於是我毅然決然地點頭，「好……好吧。」

「妳答應了嗎？」容榕跳起來握住我的手，「謝謝，我這一生都會記住妳的大恩大德。放心吧，我二哥很沒耐性，他一定不會持續太久就會放棄了，請妳忍耐一兩個月，我想他之後就不會想寫信了。」

容榕遞給我一張紙，上面寫著他哥哥的資料，說是資料，也只有幾個字加上一張照片，張崑志，二十四歲，身高一七五，體重七十五。

「這是信紙和信封，我下午就先去買好了。」容榕用雙手遞給我一個牛皮紙袋。

「請妳寫信給我二哥。」

無奈地接過紙袋，這下子事情好像愈來愈多了。不過，能幫助一個可憐的少女，也算是好事。

「謝謝妳。」容榕走到我眼前，深深鞠躬，「妳不知道妳答應這件事對我來說多麼重要。」

「不客氣。」我只能這麼回答。

人生看起來果然不太容易。

手機又響起，一看來電顯示，是我媽。

這才想起今天忘記向媽媽報備要比賽，這下子又要聽媽媽哭倒長城了。

「喂。」我接起電話，準備迎接今晚的第N次精神轟炸。

「小貴！」電話那頭傳來的聲音，果然是哭泣著的媽媽。

唉，這下子完蛋了。

隔天，我想起容榕可憐的眼神。她強調這星期一定要寄出第一封信，不然她會很慘。爲了保護室友，不得不硬著頭皮寫信。

上一次寫信是什麼時候？

啊，是寫給學長的。以前喜歡學長的時候，會寫信鼓勵他。雖然當時知道他有女朋友，但我沒有太難過，本來就不是用想佔有他的心情去喜歡他，即使偶爾會有一點點小難過，可是暗戀不就是這麼回事，我自己一個人偷偷喜歡、偷偷掉眼淚，偷偷苦中作樂，這就是自己的青春。

想起那些信，現在如果拿出來再看一次，應該會羞愧到不敢見學長，我想他應該不記得那些事情了吧。

拿著筆，我卻遲遲無法寫出內容。這種被強迫的事情，誰寫得出來啊？

一度有些生氣，想乾脆寫信罵他個狗血淋頭。拿這種手段威脅妹妹，要妹妹幫助自己，真是個爛哥哥啊。

但又怕真的盡情地罵完他之後，遭殃的會是容榕。

還是只能好好想想信要怎麼寫。

信的開頭很難，所以只簡略地打招呼。

中間先自我介紹好了，把剛開學的自我介紹寫上去，然後呢？

我靈機一動，緩緩地寫上，「我覺得世界上最珍貴的就是親情，沒有什麼能比親情來得強韌且偉大，所以我很愛我的家人，不論是爸爸、媽媽，或者是妹妹，我都覺得是我在這個世界上最珍惜的存在。希望你也一樣愛你的家人。」

太好了，希望他看得懂。

這是一封有意義的信。

寫完，把信放進信封，找了個空檔，趕在學校郵局關門前把信寄出去。

希望張崑志真能如容榕說的一樣，沒兩個月就失去耐心。不然，交筆友這種事情，真會被人家當成笑話來說。

更何況，張崑志從一開始就不討我喜歡，會這樣對自己親妹妹的哥哥，肯定是個討人厭的傢伙。

想起以前寫信給學長，總是一氣呵成地寫出幾百字的信件。只為了鼓勵他，或者是看了比賽之後寫下心得給他。那時候也不會修飾，總是好的壞的什麼都寫在信裡，想想眞是天眞啊當時。

寄完信，我在學校裡亂走，因爲已經是下午四點多，球場上的人很多，我不經意地往球場裡看，發現了學長。不一樣的是，這球場是籃球場，不是排球場。

站在球場邊，我靜靜地看著學長打籃球。

站在籃球場上的他，還是很亮眼，動作也很流暢。運球、上籃、跳投都顯得很有架勢，卻少了那麼點感覺。

好像他不屬於這個球場的感覺。

不知道是站在那裡太久，還是旁邊有人告訴他。總之，學長發現我，並且向我走過來。

我隔著一格一格的網子靜靜凝視學長，愈靠近，愈覺得陌生的學長。

「下課了？」他走過來，臉上依然帶著招牌的微笑。

「嗯。」

「對不起，昨天比賽我沒看完，晚上得練球。」

「你不是不打排球了嗎？」

「是啊，所以我練這個。」學長回頭看了一下籃球場又轉回來。

「為什麼？」

學長沒有回答，他隔著球場邊的網子抓住我的手，「妳希望我回去打排球？」

我沒有回答，不知道自己有沒有資格回答這樣的問題。

「如果這是妳的希望，我就回去。」他低沉的嗓音帶著寵溺的口吻，「我說過，會讓妳現在也繼續喜歡我，記得嗎？」

「嗯。」我有點遲疑地點頭，心裡狂跳。

學長對我的態度很明顯，明顯到我不能再視而不見。

「等一下要做什麼？」

「回去寫作業。」

「陪我吃飯？」學長溫柔地笑著，我只能說他的笑容溫柔，除了溫柔，我想不出其他字眼。或者是寵溺，或者是疼愛，總之，從他眼裡我只看見無盡的溫柔笑意。

「嗯。」我想我又要完蛋了。

我很怕自己會任由他溫柔的微笑操控，只要他繼續用他那張臉，用低沉的聲音和溫柔的微笑對我說話，我想我眞的會變成容榕口中那個「變得軟弱，連話也說不好」的歐陽貴順。

我的強悍哪裡去了？快回來找我，幫我拒絕學長啊。

「妳先回去寫作業，我等一下再打電話給妳，好嗎？」

「嗯。」

「乖孩子。」學長轉身繼續去打籃球，球場上的人開始亂七八糟地起鬨，說些什麼我不清楚，但大致上應該都在詢問學長和我之間的關係。

在走回宿舍的路上，我心裡一直在想自己喜不喜歡學長，喜歡的是過去的還是現在這個學長？

他們像是同一個人，卻又不像同一個人。

距離太近，讓我覺得學長和以前完全不同了，以前看過他和學姊在一起的樣子，那時候，他有這麼溫柔嗎？

那時候他有溫柔地撥弄學姊的髮絲對她說話嗎？

那時候他有因爲知道學姊和其他人吃飯變得緊張起來嗎？

那時候他有對學姊撒嬌著要求陪他去吃飯嗎？

好混亂，這一切都來得太突然了。

回到宿舍，只有晴云在房間裡，出乎我意料之外的完全素顏。平常這時候，她應該是化好妝準備去吃晚飯。

「嗨。」我隨口說了句嗨。

「小貴。」晴云突然哭了，眼淚大滴大滴地掉下來。

「怎麼了？」

「我男朋友說要分手。」

「男朋友？」沒聽妳提起過啊。我差點就這樣說出口了，還好容榕教我要想一想再說，於是我改成了，「是誰？什麼時候的事情？」

「就一個學伴，追我追得很勤，剛開學就常載我去吃飯、逛街，去海邊踏浪，去陽明山泡溫泉看夜景，後來他送我Tiffany的戒指向我告白，我很感動，就答應他了。」

「聽起來很不錯啊。」沒想到開學才一個多月，晴云的足跡已經遍布大台北地區。

「但是我們才在一起兩個多星期，我就發現他手機裡有很多其他女生傳的訊息，都是一些很想你之類曖昧的話，就生氣地問他怎麼回事。他怎麼可以和我交往，又同時跟這麼多人搞曖昧？」晴云邊哭邊說：「他竟然說我看起來就是一副愛玩的樣子，他只是陪我玩，沒有要眞心交往，他說他以爲我懂的。」

「懂什麼？」聽到這裡，我有點困惑。

「妳自己看。」晴云把她的手機遞給我，上面是「她男友」傳來的訊息。訊息內容如下，「妳是認眞的？不好意思。妳平常的打扮、談吐和行爲，都讓我覺得妳只是想要玩，想找人付錢，不然怎麼會只是一起吃個飯，出去玩幾次，就說要跟我在一起？愛情是這樣的嗎？妳了解我嗎？我和妳之間根本不是愛，不要拿出來說，很丟人的。眞是笑死我了，我本來就不是在和妳談戀愛，妳不要搞錯了。」

看完之後有點生氣，但又隱約有點贊同這樣的論點，所以我沒有講話，正確地來說，是我不知道該說什麼才好。

「我是眞心的。」晴云一直哭，「雖然我剛開始和很多人出去玩，但自從他對我說喜歡我之後，我就只有和他出去，也拒絕別人。他怎麼可以，怎麼可以還和這麼多女生傳那種訊息？難道我在他心裡一點地位都沒有嗎？那爲什麼要對我說他喜歡我？」

「妳先不要哭。」我拍拍晴云，說不出其他安慰的話語。

我也不太清楚男生說出「我喜歡妳」的原因是什麼，我也曾經被這樣的人傷害過，他只是喜歡我的外表，並不了解我。後來，其實我覺得更可悲的，是我沒有看出他不是眞心，還和他在一起。

後來我責怪的並不是對方，而是自己。沒有看出對方的眞假，是自己的過錯。

「這種事情，是兩個人的過錯造成的，他虛情假意的確有錯，妳沒看出他的虛情假意，自己也要負責任。」我靜靜地說。

「歐陽貴順，妳什麼意思？」晴云抬起頭，帶淚的眼神有些怒氣。

「我說，經過這陣子的相處，我知道妳在玩樂之外，也付出許多時間學習，因爲我看見妳的努力，所以才不會誤會妳。但那些沒有跟妳相處過的人，只看見妳的外表，只看見妳玩樂的一面，他們會怎麼想妳呢？妳表現出來的樣子是什麼，自然就會吸引到那些具有同樣特質的人，妳讓人感覺天天都在玩，自然不會有人約妳去圖書館讀書，不是嗎？所以不能完全怪別人不用眞心對待妳，因爲剛開始，妳自己也沒有用眞心。」

「妳又知道什麼？」晴云拍著桌子大吼。

此刻正好容榕提著便當推開門進來，看見這爆炸性的一幕，她放下便當走過來，「什麼事都可以好好說，沒必要拍桌子，妨礙鄰居安寧也是有可能吃官司的。」

「妳……」晴云的眼淚又再度氾濫，「妳們懂什麼？愛打扮有錯嗎？我喜歡自己漂漂亮亮有錯嗎？爲什麼因爲這樣，就把我標籤成愛玩又不認眞的人呢？我是眞心喜歡對方的妳知道嗎？我很痛妳知道嗎？」

「痛又怎麼樣？痛難道不是妳自找的嗎？」我也不開心起來，「哭就可以解決問題嗎？問題在妳根本沒有看清楚對方，妳告訴我妳喜歡他什麼？」

「他對我很好，很體貼很溫柔，會帶我到處去玩……」

「然後呢？除了出去玩，你們還有什麼互動嗎？妳知道他喜歡吃什麼、有什麼興趣，生活圈有哪些朋友嗎？」

「我……」

「只是一起玩就可以愛上對方了嗎？只是一起玩就是眞心的嗎？只要用 Tiffany 就可以跟妳告白成功嗎？」我也大聲起來，「什麼分手？根本就是對方不想玩了而已，說成分手這麼好聽，妳想想自己是不是值得！」

「啪！」我的臉上挨了清脆的一耳光。

「喂！」容榕衝過來，「晴云，無論如何動手都是不對的！」

「妳……」晴云氣得說話時嘴唇都在顫抖，「妳懂什麼？」

接著她抓起她的ＬＶ包，頭也不回地衝出去。

我站在原地動也不動。

容榕去洗手台把毛巾弄濕，按在我發痛的臉頰上。「不是跟妳說講話之前要想一想，不要老是那麼直接就把話衝口說出來嗎？」

「我也不知道。」我坐到椅子上，把腳縮到胸前，雙手抱著自己的膝蓋。「我也不知道，只是很煩躁。」

「妳話說得太直了，我知道妳的原意是爲她好，但這種狀況下，講這樣的話，她不可能聽得懂的。」容榕拿走毛巾，換了瓶冰涼的礦泉水。「臉都紅了。」

容榕嘆了口氣，靜靜走回她的座位。

我把頭抵在膝蓋上，鼻頭漸漸酸起來。

我坐在那裡，試圖讓自己放空，什麼都不要去多想。不知道過了多久，好像聽見手機在響。

抬起頭，容榕不知道什麼時候也已經不在房間裡了。

房間內沒開大燈，只有容榕的桌燈亮著，有些黯淡的感覺，就和我的心情一樣。手機微弱的聲音聽起來很悲傷，總之，現在心情壞透了。

「學長好。」還是接起電話。

「在睡覺？」

「沒有。」

「我在樓下了。」學長的聲音帶著笑意，「下來吧，長髮的公主。」

「如果是長髮公主，應該是我把頭髮放下去才對。」

「好啊，那妳把頭髮放下來。」

「等我。」我放下電話，緊繃的心情稍稍回復了一些。

走到宿舍門口，學長已經在樹下等候。靠近學長時，風裡傳來他身上沐浴乳的香味，清爽得讓人稍微忘記剛剛的不愉快。

「臉頰紅紅的。」學長抬起手按著我的臉頰。「怎麼了？這是……手印？」

「嗯……」我用力忍住那股從眼中衝出來的苦澀。「和室友鬧不愉快。」

「她動手？」學長皺眉。

「我也有錯，唉。」如果不是自己也動了氣，可能不會把話說成那樣。

「要讓我聽聽嗎？」學長非常自然地牽起我的手，沿著往停車場的路慢慢走著。

路程中，向學長大概描述了爭吵的過程，學長聽完之後說：「如果人因爲價值觀不同而產生意見上的歧異，就使用暴力來迫使對方接受意見，這世界上還需要溝通嗎？溝通的原意在於使雙方互相了解彼此心裡眞正的意思，而不是用武力使他人認同自己的觀點。」

學長的話說得繞來繞去的，我想了一下才聽懂，「不過，我相信她只是一時之間被我氣壞了。」

「希望是。」學長又露出微笑，用手指滑過我的臉頰，「學長秀秀，不痛了喔。」

被學長撫摸過的地方隱隱發熱，我覺得自己的心跳又開始太大聲。「學長……」

「嗯？」學長依然牽著我的手往前走。

「學長爲什麼這麼溫柔？」

「因爲我喜歡妳。」學長直接而不加修飾地說出這句話，我已經不覺得驚訝了。

「爲什麼？」

是啊，爲什麼？從再次遇見到現在也不過幾週，又不是天天相處，爲什麼會喜歡上我？如果是大晟說這句話我還能理解，畢竟我和大晟因爲作業和運動的關係，幾乎天天都會見面，但學長……

為什麼呢？

「妳期望得到什麼答案呢？」學長停下腳步看著我，「男人也是很相信緣分的，幾年前遇見過妳，在沒想過會遇見的地方再次相見，妳不覺得這應該是某種命中注定的安排嗎？」

這答案一定會讓我媽媽感動得眼淚都流下來。

但我不是那樣的人。

「學長不覺得這樣的感覺不眞實嗎？不論它是什麼，都籠統得說不出來，沒有具體的理由，只靠著這種理念而喜歡對方，能夠持續多久呢？」

「那就算我今天說出一百種理由，到不喜歡妳的那天，也全都是假的，不是嗎？」

學長淡然而堅定，「確切的理由和說不出來的感覺，不都一樣不眞實嗎？」

「好像是。」好像是，又好像不是，這中間是不是有什麼我沒理解到的語句？

「既然不論是理由或感覺都一樣不眞實，那麼我誠實地說出自己的感覺，應該是最好的吧。」

我沒有回話，學長又握住我的手往前走。停車場裡好多人，大家都要出去用餐。

「妳不要胡思亂想，就算妳的臉被打腫了，我還不是一樣喜歡？」

「腫了嗎？」我驚訝地按住臉，剛剛出門前沒照鏡子。

「剛剛本來很腫，我幫妳秀秀過之後就沒事了。」學長把安全帽套在我頭上。

「吃火鍋？」

「好。」

突然想起，上次吃牛排是學長幫我付錢的，他堅持不肯收我的錢，說帶女生出來吃飯沒有讓女生付帳的道理。

這樣，我會變得和晴云一樣嗎？

但和大晟出去吃晚飯時，大部分都是各付各的，除非有時候挑明了是收作業的「回扣」（大晟說的），那餐就可以不用付錢。

比起來，那種各自點餐各自付帳的模式讓我比較自在。

一路上，我不斷在想學長說的話。是啊，說出一大堆喜歡的理由，到最後不在一起了，那些都變成了廢話，那麼當時說出這些話的意義是什麼？

爲了哄對方？爲了讓女生開心？

晴云有錯嗎？她只是和我價值觀不同，生活方式不同，或許她說的是眞的，我眞的什麼也不了解，就去批評她的生活方式，或許那就是她的全部。

難怪容榕總是希望我把話留在嘴裡，考慮一分鐘再說出來。或許某方面來說，我也是把自己的價值觀強加在別人身上的人。

「又在想什麼？」停紅綠燈時，學長回過頭問我。

「沒有。」

「亂說，剛剛我和妳講話，妳一句也沒有回我。」

「我聽不見。」

「沒關係。」

學長騎車載著我不斷前進，車速很快，我不由自主地抱著學長。

愛情，是一種突如其來的感覺嗎？沒有相處的基礎，也可以只憑感覺互相喜歡嗎？眼前這熟悉又陌生的學長，値得讓我賭一把嗎？

不是賭徒，卻無法抗拒這種溫柔的誘惑。

到達目的地時，學長放我在店門口下車後自己去停車。此時天空開始飄起小雨。

站在路邊，看著從天空掉下一滴又一滴的水，彷彿天空正爲了什麼事情而哭泣。

這應該是媽媽喜歡的場景吧，和喜歡的人一同用餐，等待的人在雨中，仰望著灰暗的天空。

放在背包裡的手機震動著，我一看，是大晟。

「哈囉。」

「要吃飯嗎？」大晟吃飯的時間算是研究生的模範，他雖然喜歡做實驗，但他吃飯和運動的時間很固定，是很有規律的一個人。

「已經在吃了。」我微笑。

「嗯。」大晟停頓一下之後又說：「如果腳還會痛，要記得熱敷。」

「好。」說完之後就掛掉電話。

理所當然地回答好之後，才想到好像有什麼不對。我沒對大晟說我的腳痛，爲什麼他會這麼說？

那天比賽到後來。我腳有點扭到，但不嚴重，我沒有告訴誰，也盡量不表現出痛的表情。雖然眞的影響到移動的速度，是可硬撐著沒多久就不覺得那麼痛了。

回宿舍的路上，那些痛幾乎不影響到我走路，當時我想，應該回去塗點痠痛軟膏就會沒事了，這件事我沒告訴任何人，大晟爲什麼會知道？

還在思考，耳邊又出現學長的聲音，「想什麼？」

「在想大晟爲什麼會知道我腳痛。」

「啊。」學長把手指放在我嘴唇上。「和我在一起的時候，不要說其他男生的名字。」

「但……」我移開學長的手指，有點疑惑，「但這是我的生活，無法避免的。我讀機械系，如果不提到男生的名字，就等於不能和你聊我的生活了啊。」

「好吧。」學長退後一步，「這理由我能接受。」

學長又牽起我的手，往火鍋店裡走過去。

我凝視著自己的手被學長的手緊緊握住，心裡感受到的，除了臉紅心跳的感覺，好像還多了些不安。

下好離手。

* * *

吃完飯回到學校，和學長手牽手散步回宿舍。

「還喜歡嗎？」學長突然這麼問。

「呃……」我突然覺得臉上很熱，該怎麼回答？

「呵，我是問火鍋。」

「喔！」我鬆了一口氣，「火鍋很好吃，我很喜歡吃火鍋。」

「那下次可以再帶妳去囉。」

「嗯。」

雖然此刻和學長牽著手，雖然學長說喜歡我，但總好像有種距離感橫亙在我和學長中間，好像有些東西哽在喉頭，很難受，卻又說不出口。

有種不安的感受，而我不知道這些不安來自於何處。

「貴順。」快到宿舍門口時，學長拉著我的手，走到他平常等待我的樹下。

下過雨，空氣裡飄著植物被洗滌後的清新味道。

「貴順，我喜歡妳。」學長直直地盯著我。

「嗯。」看著學長，心臟又不聽話地開始加速。

「妳願意當我的女朋友嗎？」學長低下頭，小聲地在我耳邊這麼問。

這瞬間我連耳根都發熱了。

「跟我在一起，好嗎？」學長的唇就在我的耳朵邊遊移，不時輕輕啃咬我的耳垂。

我嚇得趕緊摀住耳朵。「學長，不要這樣。」

「愈是這樣說，就讓男人愈興奮呢。」學長小聲地呢喃著，鼻尖靠近我的頸間，溫熱的呼吸輕輕撫著我脆弱的意志。

「學長……」全身傳來微弱的輕顫，我舔了舔嘴唇，「學長，請不要……」

「不要什麼？」學長抬起頭，清亮的眼神正對著我，嘴唇就在距離我三公分不到的地方，「嗯？」

「學……」還沒來得及把話說出來，學長就用他的嘴唇封住了我接下來要說的話。

他溫熱的嘴唇貼在我的唇上，反覆地輕輕吻著。在吻和吻的空隙間，學長叫喚著我的名字。

我不能思考，這強大的衝擊來得讓人毫無招架之力。

學長的吻細膩得彷彿怕傷害了我，他輕輕地吻著我的唇、鼻尖、額頭、臉頰……

「貴順，爲什麼我會這麼喜歡妳？」

「我不知道。」腦袋裡像要爆炸一般什麼也無法想。

「妳好可愛。」學長雙手捧著我的臉頰。「妳好可愛。」

我像個娃娃任由學長擺佈，在雨後的校園中，帶著淡淡泥土芳香的氣息中，和學長靜靜相擁著。

太過不眞實的感覺，有時候讓人覺得像作夢。

我還在夢裡，夢裡有學長與我相擁，或許愛情突如其來地闖進生活裡不是壞事，在學長溫柔的叫喚裡，呼吸彷彿都變得甜膩起來。

「貴順……」學長把額頭抵在我額頭上，「跟我在一起。」

「嗯。」我點點頭。

學長微笑，嘴角的弧度揚得比平時更高。

他將我擁進懷裡，貼著他寬厚的胸膛，我聽見紊亂的心跳聲。我伸出手，緊緊地抱住學長的身體，忍不住嘆息。

如果這時從夢中醒過來，這太過眞實的場景也會讓人覺得幸福。

沒想過自己也有這麼一天，一直以爲媽媽說的浪漫，只存在她自己無盡的幻想中，沒想到她和老爸那種小說似的浪漫，也會出現在現實生活裡。

現在和學長互相擁抱著，或許就是我人生中最極致的浪漫吧。

原來是這樣的感覺。

靜靜聽著學長的心跳聲，閉上眼睛感受學長的氣息。

「上樓吧，我也得回研究室了。」學長輕輕拉開我們之間的距離，「和室友之間，能好好相處是最好的，不要太在意對錯，好好談一談。」

「好。」我溫順得連自己都不太適應，不過，在學長面前就是很難拿出平常那種大聲講話的氣勢。

「去吧，我看著妳上去。」

和學長道別之後，走到宿舍門口，回頭看，他果然還在，對我揮揮手，就轉身離開了。

這下換我看著他離開的背影，有點捨不得。

學長說得對，樓上還有問題等著我解決，但現在的我還沒想到要怎麼辦，我希望晴云在寢室，大家可以好好談談，又希望她不在寢室，可以不用面對尷尬的狀況。

有點矛盾地回到寢室，打開門，晴云和容榕都坐在自己的座位上。一見我進門，她們都抬起頭來看著我。

接著，晴云楚楚可憐地站起來走到我面前，「小貴，對不起。」

「呃……」怎麼會？我都還沒想到要怎麼解決問題，怎麼問題就已經解決了呢？

「剛剛容榕和我談了很久……」晴云咬著下唇，「對不起，我太衝動了，不應該動手的。雖然我很氣妳說的那些話，但我不應該動手。」

「我也要向妳說對不起，其實我真的認為妳是個很好的女生……」

晴云打斷我，「我知道，容榕跟我說了令慈的事情，她說令慈在寢室說我壞話時，都是妳替我辯駁的，最後令慈因此不愉快地走掉了。」

「我講那些話的意思，其實是覺得妳不是那樣的人，不想讓別人把妳想得那麼低。我說話常常太直，不懂得轉彎，惹妳生氣了，真的很不好意思。」

「沒關係。」晴云猛搖頭，「妳不要生我的氣好嗎？」

「我不會生妳的氣。」我對晴云微笑，「能相處在一起是緣分，學長說我們都要好好珍惜這樣的緣分。」

「學長？」一旁不說話的容榕說話了，「和學長出去了？」

「嗯。」被容榕這麼一問，又想到剛剛的事情，突然覺得很不知所措。

「反應不太對，發生什麼事情了嗎？」容榕抬起下巴，偏著頭看我。

「耶？」晴云也好奇地轉過頭來，「學長？什麼名字？搞不好我認識喔。」

「沒……沒有啦。」

「支支吾吾的，更是可疑。」容榕走到我身邊，「快從實招來。」

「快說快說，讓戀愛經驗豐富的前輩幫妳指點迷津。」晴云不知道跟著興奮什麼。

在她們兩人的逼供之下，我不得已，把剛剛和學長吃飯的事情講出來，講到後來回學校之後，就省略樹下的部分。「就這樣。」

「我不相信，說，進宿舍之前發生了什麼？」

「為、為什麼會有什麼？妳們想太多了。」

「因為我看見了。」容榕瞇著眼睛看我，「我剛剛下樓去投販賣機，發現有人躲在樹下偷偷摸摸的……」

「啊，不要說了。」我摀住耳朵。

「還不從實招來？」

於是我一五一十地把事情講出來，說學長希望我和他在一起，講到接吻的時候，容榕突然大叫。

「刑法第二二四條強制猥褻罪：對於男女以強暴、脅迫、恐嚇、催眠術或其他違反其意願之方法，而為猥褻之行為者，處六月以上五年以下有期徒刑。妳要告他，要告他。」

「唉唷。」我又好氣又好笑地看著容榕。

「學長叫什麼名字？」晴云問。

「物理系的賴祺瑞。」容榕搶先回答。「他們系上籃球隊的。」

「其實他以前是我高中學長，那時是打排球的。」我趕緊補充，然後不明白自己爲什麼要補充呢？

「沒聽過。」晴云搖頭。

「這麼大的學校，妳哪可能每個都聽過。」

晴云拍胸脯說：「我有自信，工學院和理學院的，我大概認識一半左右。」

「妳呢？恢復一些了嗎？」我小心翼翼地問，深怕晴云又傷心起來。

「放心啦，那種貨色，就讓他隨風而逝。」晴云瀟灑的態度和下午簡直判若兩人。

「後來我想了想，是啊，爲什麼要爲了這樣的人傷心呢？他根本沒把我當一回事，如果我認眞，不就代表自己很喜歡他嗎？但其實我也沒那麼喜歡他，加上容榕的開導，我覺得自己下午的反應眞的太誇張了。」

所以說，女人眞是善變。

風雨過後的寢室，因爲愛情的話題，呈現一片和樂融融的氣氛。

第六章

生活是很現實的，除了和學長的彩色世界之外，也有另外一個黑白的世界必須面對，就是機械系令人頭痛的無數課程。

有鑑於最近作業有讓人愈來愈不懂的傾向，於是我求助大晟，整個下午都泡在大晟他們實驗室，大晟也針對我不懂的部分替我上課。

經過幾個小時的奮鬥，好像比較不那麼困惑了，機械系果然和想像中一樣難念。

「那，關於簡諧運動的部分，目前還可以嗎？」大晟拿著鉛筆問我。

「嗯，感覺好像清楚一些了。」看著大晟爲了教我而隨手畫的圖，突然覺得很崇拜。「大晟好厲害喔。」

「其實這還好，等妳以後上流力和熱力就知道了。」

「唉。」到時候我會不會萌生不想讀的念頭。「不過沒關係，那時候我再來找你惡補就好。」

「那時候我已經畢業了啊。」大晟把剛剛畫好的圖和公式遞給我。「這個妳收好，不懂再來問。」

「對喔！」我突然恐慌起來，「不要啦，你不要畢業，你畢業我怎麼辦？」

「喔！」長下巴學長這時候突然出現，「喔喔喔，愛的告白嗎？大晟，你不要畢業，你畢業之後我該怎麼辦？」

長下巴學長用手按著心窩，表情噁心到極點。

「學長，你不去演戲實在很可惜。」我看著無聊當有趣的長下巴學長。說眞的，之前長下巴學長很認眞地把他的名字寫給我，叫我好好記住，但我就是習慣叫他長下巴學長，叫久了也覺得很親切，連他自己也好像習慣了。

這就是久病成良醫，什麼？不是這樣用的嗎？

「大晟，請問你現在被告白的心情是怎麼樣的呢？」長下巴學長假裝拿了麥克風訪問大晟。

大晟無言地看了他一眼，就轉回頭繼續看著電腦螢幕。

「什麼？很感動，那你想過回應這位善良又天眞的小學妹的感情嗎？」長下巴學長又繼續訪問，但大晟已經連看都懶得看他一眼。

「很好笑。」我無奈地看著長下巴學長幼稚的行爲，「好有趣喔。」

「你們好無趣，都不跟我玩。」長下巴學長自己跑到角落畫圈圈。「人家只是覺得很有趣，開個玩笑而已，你們都不陪人家玩，人家也是有血有淚的，也會難過啊。」

這時候，我和大晟同時看了長下巴學長一眼，接著搖頭嘆氣。「唉。」

實驗室其他人都笑了起來，這陣子以來的相處，已經讓大家都很熟識彼此。

這種氣氛眞好，至少比起物理系好多了。

會有這樣的感想，是因爲和學長在一起之後，有一天我偷閒跑去看學長練籃球，到達球場時，學長驚訝地走過來和我說話，微笑著問我怎麼會來，我說因爲正好有空，又知道他們練球的時間，所以跑來看一下。

那時候，就覺得他們系隊的人看我的眼神怪怪的，好像我不應該出現在這裡。

所以後來待沒多久我就先行離開，那氣氛實在太怪了。

奇怪，球場是大家的，又不是物理系的，就算我不是去找學長，只是個路人停在那裡看他們練球，也算是很給面子，爲什麼要用那種格格不入的眼神看人？

「好了，今天告一段落。」大晟收拾好自己的桌面站起來。接著他轉向我，「打球嗎？」

「好！」我豪氣萬千地回答，最近對功課的怨念，就用打羽球來發洩吧。

和大晟還有其他學長們一群人浩浩蕩蕩地走向體育館，嘻嘻哈哈地亂開玩笑。其中，當然不乏長下巴學長的低級搞笑。他女朋友今天沒有來，他完全沒有形象可言。

到場地之後，大家開始熱身，三三兩兩地對打起來。走到場邊，想起上次比賽的落敗，忍不住猶豫了一下。

「怎麼了？」大晟問我。

「之前我還以爲自己可以輕鬆贏得新生杯冠軍。」

「沒那麼輕鬆，冠軍和亞軍那兩個都是體保生，妳再厲害也打不贏她們。」

「是喔？再厲害也打不贏嗎？」我又開始不服氣。

「嗯，妳知道她們從小到大幾乎天天練羽球，有的兩三歲就開始拿拍子，冠軍的那個還曾經當選國手。妳說說看，妳從小到大花了多少時間練習？」

「嗯。」我思考了一下，「加起來應該有三五年吧。」

「人家可是用妳三五倍的時間在練，每天練，當然不是妳這種程度可以趕得上的。不過妳也不用想太多，有些事情，努力了也不一定有成果。不過，所有事情都是不努力就不會有成果的，了解嗎？」

大晟學長是在說繞口令嗎？不過，看在他難得說這麼多話的分上，還是聽一下。

「多練習，不能成爲體保生，至少也要成爲比賽後不會讓自己覺得後悔的那種選手。」

「你知道喔？」我無奈地看了大晟一眼。

「很明顯。」

接著，大晟學長沒有繼續說什麼，也沒有交代我要特別加強哪一部分，但我發現他很多球都會打成我之前比賽中很容易失分的角度。

大晟心機很重。

一局結束，我被大晟的球弄得跑前跑後跑左跑右，氣喘吁吁地下場休息。

「大晟，你對我有什麼不滿嗎？」我扶著膝蓋問他。

「沒有。」

「那你爲什麼要這樣折磨我？」

「上次比賽中，妳比較弱的就是這種球，要多加強。」

「很累耶。」

「不累要怎麼進步？加油，撐一下，以後比賽完就不會因爲沒做好而難過。」大晟語重心長地說。

有時候覺得大晟好像仙人，難道他會算命還是看八字？不然怎麼會什麼都了解，常常我自己沒有說出來的事情，他都會在事後幫我找出解決的方法，或是提醒我該怎麼做。

還是他跟大軍一樣有特異功能？好，我知道這想法很冷，但大晟真的是很神奇的一個男生。

啊，介紹容榕給他認識好了。

沒錯，容榕和大晟一樣是冷靜派的，應該會處得來吧我想。

「大晟，你都怎麼追女生？」

「呃？」大晟正在喝水，突然有點嗆到，我趕緊上前拍他的背。

「這麼大一個人，喝水還嗆到。」邊拍他，還不忘記邊笑他，大晟學長難得有這種可以被人家笑的舉動出現。

「沒事了。」大晟的臉頰略微漲紅，「謝謝。」

「不客氣，那大晟，你可以告訴我你都怎麼追女生的嗎？」

「妳爲什麼想知道？」

「嗯，我想參考一下。」這下子換我有點不好意思，「我想看看學長的方法是不是男生普遍都會用的方法。」

「什麼方法？」

「就約吃飯、散步聊天、牽手……」啊，接下去的事情不能說了。

「牽手？」長下巴學長從隔壁場地衝過來，「妳和誰牽手？」

「學……學長。」

「難道是那天在路上看見那個看起來很討人厭的物理系男生嗎？」

「他哪裡有討人厭啦。」

「他明明就長得一副花花公子樣。小貴學妹，我跟妳說，帥的都花心，不要太輕易相信帥哥。雖然也有像我這樣又帥又專一的，但我畢竟是特例，還是要選老實的比較可靠。」長下巴學長開始自吹自擂起來。

「喔，這樣。」我開始敷衍長下巴學長，拉著大晟往球場走，「大晟我們去打球，不要聽他囉嗦。」

「什麼囉嗦，學長可是爲妳好。」

我回頭，就給了長下巴學長一個字，「喔。」

「妳妳妳……」長下巴學長回了個醜怪鬼臉，「不聽老人言，吃虧在眼前。」

其實我又何嘗不害怕呢？愛情對於我是全新的經驗，我不知道怎麼談戀愛，更不知道應該怎麼去對待對方。只是去看他練球這樣一個動作，好像都感覺不太愉快。所以，到底應該怎麼做呢？

學長一直很受女生歡迎我知道，從以前就知道。不過我看見的學長並沒有因爲受女生歡迎就常常和那些粉絲有互動，通常他只是謝謝對方，然後就和等在遠處的學姊會合，再一同離開。

是不是應該向學長確認一下他和學姊怎麼了呢？這樣問會不會很突兀？

「大晟，妳和以前的女朋友怎麼分手的？」

「妳今天的話題怎麼都是這個？」大晟微笑，他的微笑和學長不太一樣，大晟笑起來，眼睛會彎彎的瞇成一條線，很像以前流行的卡通人物：賤兔。

「對不起啦，最近除了功課，這方面也很苦惱。」

「距離太遠，兩個人就漸漸淡了，後來她就說要分手。」

「然後你就和她分手了嗎？」

「嗯。」

「你都沒有挽回嗎？」

「試過一陣子，但後來她交了新男友。」

「該不會是劈腿吧？」

「應該不是吧。」

「你人這麼老實，很容易被騙。」

「只要不覺得是欺騙，把那當成一種結束的方式，就不會想太多。」

「大晟，你眞的是我見過脾氣最好的一個人。」我好崇拜大晟，要怎麼樣才能做到那種好脾氣？

大晟只是笑笑，沒繼續說下去。

又打了兩局，照慣例，我毫無長進的體力耗盡，所以提早結束，大家決定休息，一同去吃飯。

啊，可惜我以後不想讀研究所，否則進大晟他們實驗室，生活一定會很充實又健康。

收拾好，正在前往機械系學生愛去的小餐館路上，放在包包裡的手機震動起來。拿出來一看，媽啊，十通未接來電。

這可怕的數目肯定是我媽，於是我想也沒想，就撥了老媽的號碼。

「小貴貴！」媽媽開心地接了電話。

嗯？不太可能啊，如果媽媽打了十通電話我都沒接到，這時候回撥給她，她應該會用眼淚和鼻音迎接我，怎麼會是這麼輕鬆愉快的聲音呢？「媽，我打完球要去吃飯了，向妳報備一下。」

「好的好的，我剛剛和爸爸兩個人去游泳呢，爸爸身材好好！」媽媽陶醉的語氣，彷彿爸爸的身材眞的像韓國男明星那麼好。但事實上，除非我老爸這一個多月來勤於健身，否則，印象中他應該只是普通男人沒凸肚子那種身材而已。

「那妳剛剛撥電話找我做什麼？告訴我說爸爸身材很好？」

「我？我剛剛沒打電話給妳啊！小貴，妳看錯了唷。」

「是喔，那妳繼續和爸爸去甜蜜吧。」走到餐館，放好東西，我在點菜單上點好想吃的東西後遞給大晟，換學長他們點。

「唉唷，不要這樣說，媽媽愛妳唷。」

通話結束後，我才認眞地去看未接來電的號碼。

是學長。

仔細看了一下，這十通未接來電眞的都是學長。

發生什麼緊急的事情嗎？我趕緊回撥。「學長？」

「在做什麼？」想不到學長只輕描淡寫地回了這句。

「咦？」我還以爲有什麼大事，學長一連十通來電，跟媽媽有拚。「在吃飯。」

「會不會太晚了？」

「還好啦，和學長們一起。」

「又和學長一起？」學長稍稍提高了音量，只是一點點。

「剛打完球，就約了一起吃飯。」

「打球？和那個大晟？」

「對啊。」

「怎麼老是去找他？」

「因爲有功課不懂，所以今天請學長幫我上課。」

「也可以問我。」

「哈哈，你是物理系的，又不懂動力學。」我忍不住笑了。

「貴順，妳不要拿這個跟我開玩笑。」學長的聲音突然變得冷硬。「怎麼又跟那個大晟混在一起？」

「他是我學長耶，當然常有機會在一起。」

「妳和我在一起！」學長突然大吼，我嚇得把手機掉在地上，「哐」地一聲，螢幕裂開來。

大晟幫我把手機撿起來，看見我的臉色不太對，他問我，「還好嗎？」

我點點頭，「還好，只是手機壞了。」

「螢幕裂開，這沒得救了，可能要買新手機。」

我欲哭無淚地看著手機。「大晟，你手機借我一下好不好？我想打電話向我媽報備。」

「呃……」大晟愣了一下。

長下巴學長突然遞出他的手機，「用我的。」

「謝謝。」我接過手機。

「不用客氣，知道我既貼心又重要了吧。」長下巴學長繼續吃著他的超大豬排飯。

電話接通，我聽見媽媽遲疑的聲音，「您好。」

「媽，我小貴。」

「小貴，怎麼用奇怪的號碼撥給媽媽？害媽媽以爲有詐騙集團要來欺騙我了。」

「媽，我手機剛剛摔壞了，這兩天會再去辦新的。」

「要等兩天嗎？媽媽不能兩天不跟妳說話啊，等一下我就叫爸爸去轉帳，妳馬上去找一家通訊行買新的。」

「不用那麼趕啦，現在有點晚了，我怕危險。」我搬出媽媽最容易接受的理由。

「好吧，那明天，明天一定要去辦喔！媽媽等妳電話，那媽媽可以打這支電話找妳嗎？」

「不可以，這是我向學長借的，等一下就要把手機還他了。」

「學長？」媽媽興奮地問：「是有曖昧關係的學長嗎？喜歡妳的學長？」

「都不是，妳不要亂想。」

「都沒有人追妳嗎？雖然妳講話粗魯了些，可是長得很漂亮，這樣也不行嗎？」後面兩句話，媽媽講得很小聲，但還是被我聽見了。

「媽媽晚安。」我趕緊結束這段通話。

把手機還給長下巴學長，我瞪著自己裂開的螢幕發呆。

「先吃飯？」大晟把我點的雞肉飯推到面前來。

「嗯。」雖然很悶，也只好這樣，不然還能怎麼辦？又不是我一直瞪著它，螢幕就會自動修復，我又沒有特異功能。

唉，我看向大晟，無言地默想，如果你有特異功能，可以幫我修理一下嗎？

這當然不能說出口，所以只能默默吃飯了，唉。

爲什麼學長要突然大吼？他在生氣嗎？只是吃飯而已，爲什麼反應要這麼激烈呢？

吃完飯，大家又一起走回學校。路上大家說說笑笑，只有我一個人笑不出來。到校門口，大家各自鳥獸散，大晟照慣例陪我走回宿舍門口。

「這眞的沒救嗎？」

「這狀況大家都會建議妳買新的。」

「智慧型手機好麻煩，以前的手機怎麼摔都好好的。」

「以前的手機？」大晟忽然重複這句話。

「怎麼了？」

「沒有。」大晟搖搖頭，「怎麼會讓手機掉下來，不是正在講電話？」

「……」我不知道該怎麼說，難道要說是因為學長對我大吼，我嚇了一跳嗎？

「以後再跟我說？」大晟見我沒回答，就這麼問。

聽見這句話我笑了，「好，以後再跟你說。」

走回宿舍門口，我和大晟還在聊天。和他聊天真的會讓心情平靜下來，看來以後大晟如果不當工程師，可以去當心靈導師之類的，他總是有很多正面的想法，讓人不至於把事情想得太糟。

「貴順。」走到宿舍門口，學長的聲音突然在背後響起。

我嚇一跳，不自覺地往後退，「學長。」

「你好。」大晟也對學長點點頭。

「怎麼不接電話呢？」學長露出微笑，往我的方向跨了一步。

我又退後，大晟可能發現我臉色不太對，所以暫時沒有離開。「手機摔壞了。」

「壞了？」

「嗯，講到一半掉下來，螢幕摔破了。」我拿出手機給學長看。

「原來如此。」接著他轉向大晟，「謝謝你幫我送貴順回來。」

大晟沒有回答學長，他看著我，「不要想太多，晚安。」

「嗯，晚安。」

道別後，大晟離開，我習慣性地看著他的背影，卻被學長一把抓住馬尾硬扯，「看什麼？」

「學長，很痛耶！」我轉過頭，很生氣地對學長說：「即使是學長，我也不能容忍這種行為，請你自重。」

「貴順，對不起。」

「我不接受這種對不起。」我很討厭別人不尊重我，即使是學長也一樣，「先是對我大吼，現在又扯我的頭髮，我不能接受這種相處模式，很抱歉。」

「對不起，對不起。」學長一把抱住我，語氣很著急，「我只是嫉妒，我嫉妒跟妳一起打球一起讀書一起吃飯的那個大晟，我嫉妒得快要發狂了，所以才一時失去理智。對不起，我以後不會再這樣了。」

聽見這種甜膩膩的話，心裡的氣也去掉一大半。「就算是這樣，那些舉動仍然是不對的，如果告訴容榕，她一定會……」

話還沒講完，學長再次用吻封住我接下來的話。「不要再說了，我好想妳。」

在吻與吻的空隙間，學長不斷地呢喃著，「我好想妳。」

回到宿舍時，容榕看著我，雙眼閃著淚光。

發生什麼事了？我趕緊衝過去，「容榕，妳怎麼了？還好嗎？」

「謝謝妳。」容榕開心得眼淚都掉下來，「我二哥收到信了，他打電話給我，說他好開心，他正在寫信給妳。」

「這……」我還以為有什麼大事。今天怎麼回事，大家都要這樣嚇我。

「妳不知道這有多重要，我二哥開心，回家之後我的日子就能好過。」

「不是我多疑，不過，妳家是什麼樣的家庭啊？竟然讓哥哥這樣欺負妹妹。」

「因爲我爸媽每天都在外面做生意很少在家，哥哥們很無聊，打架也打膩了，只好欺負我，看我哭和尖叫害怕的樣子，他們好像滿開心的。」

「這是什麼低級趣味？」

「妳不懂，所以以後如果妳生了兩個兒子，千萬不要再生一個妹妹給他們。」容榕露出恐懼的表情，「千萬不要害那個可愛的小女生這輩子都有陰影。」

「眞的有這麼可怕？」

「不過，如果有外人欺負我，他們也會毫不猶豫地衝上前去打架，因爲他們自己的妹妹只有自己可以欺負，別人不可以亂來。就這點看來，也算是值得欣慰。」容榕自己想想覺得很有道理，「長大之後，他們也收斂多了，不會再挖鼻屎騙我說是仙丹叫我吃吃看。」

我不可置信地看著容榕，能考上法律系不是沒有原因的，生長在這樣的家庭，果然培育出容榕無比堅忍的人生態度。

「我先去洗澡。」

「好。」

走進浴室，熱水嘩啦啦地沖在身上，感覺好舒服。難怪人家說洗熱水澡可以讓人放鬆，今天的這一切來得還眞是戲劇化。

和學長在一起才幾天就發生這樣的事情，愛情，眞的總是甜蜜嗎？

今天的學長，是我從未見過的樣子，有點讓人害怕。爲什麼要嫉妒呢？嫉妒，說穿了不就是不信任的另一種表現方式嗎？

因爲不夠相信，所以對方不在自己身邊時，會莫名地覺得恐慌嗎？

今天，學長的表現眞的讓我有點失望。

洗完澡回到寢室，容榕對我說：「剛剛有人打電話找妳。」

「誰？」

「他說他是妳學長，有留分機號碼，在這裡。」容榕遞了張紙條給我。

一看，研究生宿舍的電話，應該是大晟吧。

照著號碼打過去，電話一接通，就聽見大晟的聲音，「喂？」

「大晟嗎？」

「我找到一支舊的手機，妳要先用嗎？我剛剛已經擦好，在充電了。也測試過功能是正常的，妳需要嗎？」

「好啊，我過去研究生宿舍找你拿。」

「不用，妳五分鐘後下樓，我拿到妳宿舍給妳。」

「好。」

掛掉電話，容榕問我怎麼了，我把今天吃飯的事情講給她聽，容榕皺著眉聽完之後說：「這個學長從之前就不討我喜歡，現在更不討我喜歡了。」

「怎麼了？」

「不知道，我就是不喜歡。」

「這就是偏見。」

「是直覺。」容榕強調，「直覺，第六感。」

「律師可以靠第六感替人辯護的嗎？」

容榕瞪了我一眼，「當局者迷啊。」

「不說了，我要下樓去。」我笑著對容榕說：「趕快念書吧。」

「旁觀者清啊！」

下樓時，大晟果然已經在門口等我。

他遞給我一個紙袋，我接過，從裡面拿出一支傳統的手機，就以前那種有按鍵，可以照相，可以聽音樂，但只有陽春遊戲的傳統手機。

我還是喜歡這種手機啊！誰說東西是新的好，智慧型手機真的不討我歡心，想想看，萬一發生什麼事情眼睛看不到，以前的手機可以光靠手指摸就撥號，現在的智慧型手機，不看著螢幕我根本不知道該按哪裡，這對逃生和報警有很大的影響。

「謝謝。」我開心地向大晟道謝。

「不知道合不合用，今天妳提起，我就想到自己留著一支以前的手機，回宿舍果然找到了。先讓妳用，等妳買新手機再還給我。」

「不是送我嗎？」

「如果妳喜歡的話，當然可以送妳，怕的是妳不喜歡。」

「我喜歡這種手機，眞的，不是客套話。」

「好啊，那就送妳。」

「謝謝，我會好好愛惜的。」

「放心，這個比較耐摔。」

又聊了幾句，大晟說他要回去睡覺，就轉身又離開了。

我握著手中的手機，心中滿滿的感動。

大晟眞的是個好人。

啊，剛剛忘記把容榕叫下來認識一下大晟，像大晟這樣的好男人，絕對可以撫平容榕被哥哥欺負的傷痕，幫助她從那些陰影中走出來。

我認識的大晟，就是這麼一個擁有正向力量的人。

回到寢室，晴云也已經回來了。

最近的晴云改變了一些，從濃妝變淡妝，假睫毛也不戴，指甲油也不擦了，但這樣素雅的妝容，反而更突顯出晴云的美麗。

以前是很豔的感覺，現在則是有點清新女神的路線。說實話，我比較喜歡她現在的妝，至少感覺皮膚可以呼吸。

「回來了。」我們進門都有打招呼的習慣，這樣比較像個家。

「小貴，跟妳說喔。」晴云急急地轉過身看著我，「我認識一個物理系的男生，他說賴祺瑞好像人緣不太好。」

「怎麼了？」

「好像是很愛對人發脾氣，愛耍大牌之類的。」

「不太可能吧，我認識的學長不是那樣的人啊。」

「可是別人是這樣說的。」

「我覺得不太可能。」是啊，那麼溫柔，講話總是輕聲細語的學長，從我認識他以來，就很少看見他對人發脾氣，連在場上打球，被對手挑釁都可以淡然處之的學長，不太可能會是亂發脾氣的人吧。

「其實我也不知道，總之人家是這麼說的，我只是想提醒妳。」

「謝謝妳了。」我抱住晴云，「妳眞是一個又漂亮又善良的人。」

「那我呢？」容榕聽到這句話，轉頭問我。

我也過去給容榕一個擁抱，想起她的哥哥們，忍不住對她說：「妳眞是一個堅強的女孩！」

「爲什麼我沒有漂亮又善良？」容榕抗議。

「好啦，妳又堅強又漂亮又善良。」

「這還差不多。」

剩下我們三個人的寢室，開始溫暖了起來。

還有放在我桌上的那支舊手機，也是溫暖的象徵。

第七章

「新手機」才用半天，半天我就好感動，還是這種手機用起來順手！

而且大晟把它保養得很好，感覺起來沒有什麼使用過的痕跡，除了一點點不太明顯的刮痕，大致上都跟新的差不多。

拿著這支新的舊手機的我，感動得無法言喻，差點就要膜拜這支手機。

因爲如此，我也沒打算辦新的手機，反正下課回宿舍之後就可以用電腦上網和打電動，所以其實也不太需要智慧型手機，打電話告訴媽媽有人給我一支舊手機時，媽媽又開心地問我是學長嗎？是喜歡我的學長嗎？

這還是第一次看見這麼想要女兒交男朋友的媽媽，一般媽媽不是都對女兒的交友狀況很擔憂嗎？

才掛掉電話，電話又響起來，是學長。「電話通了？」

「對啊……」還是不要說是大晟給我的，免得引起無謂的麻煩。「容榕把她家的舊手機借我用。」

「那就好。」停了幾秒後，學長問我，「妳等一下有課嗎？」

「有，四點到六點的課。」

「下課我去接妳？」

「不用啊，你今天四點不是要練球？」

「我想妳。」

學長這種突如其來的粉紅色話語，已經快要寵壞我了。「你還是去練球吧，我上完課去球場找你。」

「這樣不太好。」

「爲什麼？」

「我不喜歡讓人家看到妳。」

爲什麼？難道我很醜嗎？「啊？」

「我怕會有太多人喜歡妳，這樣我會生氣的。」

「沒這麼誇張吧。」雖然嘴上這麼說，聽到這樣的話，心裡還是甜甜的。

「那我練完球去找妳。」

「好。」

和學長約好，我躺回床上，這是一個難得放鬆的下午啊，雖然等一下還要上課，但能有兩小時的空堂，對我來說眞是幸福。上了一個早上的課，這兩小時對我來說多麼重要，我要睡午覺了。

才躺下沒多久，手機又響起來。

「喔，是誰啦？」我不耐煩地拿起手機一看，是大晟，恩人的電話怎麼可以不接呢？「學長好。」

「下午要打球嗎？四點半。」

「今天有機械工程概論耶。」

「咦？停課妳不知道嗎？」

「停課？為什麼？」

「老師出國去研討會，停課兩次，助教會印講義給妳們。」

「怎麼都沒人通知我？」

「是啊，應該有人通知。」大晟又說：「可能是妳手機壞掉的時候通知的吧。」

「可能是吧。」

「那打球嗎？」

「好啊。」

和大晟約好四點半直接到球場等，一看時間，也沒多久可以休息，乾脆先換好衣服慢慢散步過去，到那邊自己先跑步熱個身也不錯。

還可以順便繞過去籃球場偷看一下學長，給他個驚喜。

沒錯，就是這樣，這念頭一出現，立刻就喜孜孜地跳下床開始行動。

準備好之後，看看時間，嗯，三點五十，繞過去籃球場再走到體育館，這樣時間也剛剛好。

踏著輕快的腳步出發，原本昨天摔壞手機之後心情是有點糟的，但後續獲得的幫助讓我覺得很開心，學校充滿溫情，機械系實驗室真溫馨。

接近籃球場時，就看見物理系籃整齊畫一地在跑步。學長在那些隊員裡並不算特別高，但我還是可以一眼就發現他。

站在稍遠的地方看他，怕被他發現，想等他不注意時跑過去偷偷給他一個驚喜。沒多久，他們跑完了走回休息的地方，我看見有個女生遞毛巾給學長。

嗯？應該是經理吧，聽說系籃都會招聘可愛的女經理，藉此吸引男生加入籃球隊。

但是這個女生好像有點面熟？是不是在哪裡見過？

我往球場靠近幾步，試圖看清楚這個女生的臉，無奈她總是背對著我，讓人始終無法好好看清楚。

但那張臉確實好像在哪裡見過。

我又走近兩步，這時候學長抬頭看見我，接著那女生順著學長的視線往我這裡看過來，在她的眼睛對上我眼睛的時候，那瞬間，我知道答案了。

她是學姊。

是高中時候就跟學長在一起的學姊。

雖然髮型變了，臉型也變得稍尖，但她就是那個總在練球後等待學長的學姊，錯不了的。

我腦中一片空白，只能看著學長和學姊。

他們的關係不用仔細推敲也能明瞭，他們是情侶啊，我努力不讓自己有表情，眼看著學長只是對我揮揮手，就轉身繼續練球。

是啊，學姊在這裡，他還能怎麼對我？難道要他走過來擁抱我嗎？

難怪上次過來探班時，物理系籃的隊員會有那麼奇怪的表情，難怪學長打電話來確認我要不要上課，原來，這一切都是有原因的。

學姊不是讀這間學校，所以肯定是從中部上來找學長的。學長爲了確認我不會出現在球場，故意打電話找我聊。

但沒想到系上臨時停課，我又臨時想到要來給學長驚喜。

這一切的一切，造就了事實的呈現。

我竟然不知不覺地在別人的愛情裡當了第三者。

轉身離開，學長是不會追上來了。但我自己總得給自己最後的尊嚴，堅強又瀟灑地離開。

走往體育館的路上，每一步都很虛無，好像踩在泥裡，踩下去的時候很輕，要抬起腳走第二步的時候，又覺得根本無法抬起來般沉重。

爲什麼會這樣？我不停地問自己。

走到體育館門口，剛好遇見大晟。

「妳怎麼了？」大晟突然快步走過來，「怎麼了？爲什麼在哭？」

聽了他的話，我才發現眼淚早就爬滿了臉頰。

「大晟，當你發現自己被欺騙的時候，會不會覺得很痛？」我平靜地問他。

不知道自己這時候爲什麼不哭喊，不知道自己爲什麼要裝平靜，總之，我只是淡淡地，除了無法控制的眼淚之外，我的語氣平淡得一如往常。「爲什麼人要欺騙別人呢？難道他們不知道這樣會傷害到別人嗎？」

「……」大晟看著我，許久之後，他開口，「是那個賴祺瑞？」

我沒回答，突然覺得想笑。「想起前陣子我才和晴云吵過，我覺得被別人欺騙的人，也要對被欺騙這件事負責任，因爲她自己給人家什麼印象，自然要承受那樣的後果。」

看著眼前的大晟，我繼續講著，「現在輪到我，我自己沒有先確認就一頭栽進去，這也是我的錯，如果不是我給了人家我很喜歡他的印象，或許他也不會這樣欺騙我，是我的錯，是我的錯。」

「小貴……」大晟問我，「妳現在需要什麼？要怎麼做，才能讓妳不哭？」

「我不知道……」我看著大晟，試著微笑，卻發現眼淚滿溢到視線都模糊起來，「我眞的不知道。」

「其實，哭也不是不好，只要妳記住，在有人陪著妳的時候哭，不要強裝笑臉，自己一個人轉過身之後偷偷地哭，那樣子會太痛。」

沒想到大晟會說出這麼感性的話。「這樣子比較不丟臉。」

「但是這樣痛不會消失，只會愈來愈痛。有人陪著妳，痛才會慢慢減輕。」

大晟拉著我到體育館旁邊比較沒人出入的階梯上坐著，從背包裡拿出他替換用的乾淨衣服，遞過來讓我擦眼淚和鼻涕。陪著我坐在那裡，他什麼也沒說，就只是靜靜地陪著我。「好好哭吧，我陪妳。」

我把頭埋在膝蓋間，不斷想著到底應該怎麼辦。

不知道過了多久，我抬起頭來，發現天色已然昏暗，而大晟，依然坐在身邊看著我。

「去吃飯好不好？」大晟伸出手。

「難過是一時的，要是傷害了身體卻是永久的，先吃飯吧。」大晟拉著遊魂似的我，走過大半個學校。邊走，我邊想，爲什麼他要帶著我這樣繞。

走到校門口要離開校園的時候，他看著我，「好，現在眼睛已經沒有剛剛那麼紅，可以去吃飯了。」

看著大晟，仍然不知道該回答什麼，只能跟著他的腳步往外走。

到了平常去的小餐館，大晟拿了點菜單自己點好就去結帳，也沒問我。

沒多久，老闆娘端著熱騰騰的雞湯來到我面前，「小心一點喝。」

「吃不下的話，就喝一點湯。」大晟把瓷湯匙遞到我手上。

看著眼前這碗熱騰騰的雞湯，突然感受到大晟的擔心。他雖然沒有問什麼也沒有說什麼，卻都知道我在想什麼。

「謝謝。」我低語。

「趁熱喝。」大晟的超大豬排飯也送上來，學長們都被老闆娘的超大豬排飯給治得服服貼貼，只要三天沒吃這碗超大豬排飯，他們就會渾身不對勁，做什麼都不能集中注意力。這時候，他們就會趕緊來吃一碗，然後就可以活力充沛地回去做實驗。

從來沒跟著學長們點這個，因爲眞的很大碗。

今天看著大晟的飯，突然問他，「好吃嗎？」

「好吃。」大晟塞了滿口飯。「妳要吃嗎？我幫妳點一碗？」

「不用了，我吃一口看看。」

「那妳吃這邊，我還沒碰到。」大晟指著盤子的另外一邊。

用湯匙挖了一口飯送進嘴裡，邊吃，不知道爲什麼眼淚就流下來。

「想哭，吃完飯再哭。」大晟看著我，慢慢地說：「一件事情，盡可能只爲它哭一次就好。」

我看著大晟，喉頭有話想吐出來，卻哽著，怎麼也無法開口。

「就算是作弊，只要沒被發現，都不被當成作弊，作弊，也有非作弊不可的理由吧。」大晟這麼說：「每個人心裡，都有難處。」

大晟雖然不知道詳細情況，卻說出了這種話，想必也是猜到了什麼，而且還猜對了。

或許是吧，但欺騙就是欺騙，就算有理由，都不能被原諒。

邊喝湯，邊覺得很想哭，肯定是老闆娘燉的雞湯放了洋蔥，一定有。

吃完飯，大晟買了杯紅豆湯給我，他說：「吃甜食心情好。」

大晟交代我回寢室之後才可以喝那碗紅豆湯，接著他照慣例送我回宿舍門口。

路上我們沒有什麼交談，大部分時間我都靜靜看著路上的影子，影子跟隨著我和大晟不斷移動著，隨著路燈的遠近，忽長忽短地變化著。

「影子隨著光源的不同，會產生不同的變化。」快到宿舍門口時，大晟突然這麼說。

「我知道。」這不是常識嗎？

「知道就好。」他看著地上說：「知道就好。」

還沒來得及追問江大師話裡的玄機，就聽見有腳步聲往這裡走過來。一看是學長，我立刻退後一步站到大晟身後，大晟也伸手將我護在身後。

「貴順……」學長的臉色很著急。「事情不是妳想的那樣。」

「那事情是怎麼樣呢？學姊我是認得的，你不要浪費時間編謊話。」

「這……我們一定要在外人面前討論嗎？」學長滿臉厭惡地看著大晟。

我淡淡地說：「大晟不是外人。」

「我們的事情爲什麼一定要讓他聽見？」

「這不是重點。」我還是冷冷地說：「學長想解釋就解釋，不想解釋就不需要解釋，總之，之前的事情都算我錯，從今而後，請學長和學姊好好在一起，不要欺騙她，也不要欺騙別人。」

「不是這樣的……」學長抱著頭，「我和她已經分手了。」

「說謊會下地獄的喔。」我淡淡地笑，「特別是一個女孩這麼多年來爲了你不知道付出多少，你卻還在她背後說謊，肯定會受更重的懲罰。」

「我剛剛向她提分手，爲了妳，我願意和她分手。」

「這就更不必了，我擔不起這種責任。」

「貴順……」學長往前跨一步。「我很喜歡妳。」

「請不要說了，這一切我會當沒有發生過，或許以後還能當學長的球迷，如果學長還要繼續這麼說謊下去，我想以後大家還是裝作互相不認識比較自在。」我死命抓著大晟，好像不抓著他，就不能給自己勇氣。

「你到底要擋住我多久？」學長突然很生氣地推了大晟一把。

「別動手。」大晟看著學長，語氣平靜，「我沒有預設立場，你們之間的事情沒有我插嘴的餘地，但如果你動手，我是不喜歡暴力的。」

「干你什麼事？」學長作勢要推大晟，被大晟一把抓住手。

「我眞的不喜歡人家動手。」

「學長，你可不可以冷靜一點處理事情？」看見學長失去理智的樣子，其實心裡還是有點難過的，平常那麼溫和的他，怎麼會變成這樣？「請你回去向學姊道歉。」

「我很冷靜了！」學長突然大吼，「我和她已經分手了，妳爲什麼不相信我？」

「我怎麼相信？學姊下午明明還在幫你擦汗遞毛巾。」

「那是因爲她生病了。」學長幽幽地說：「她生病了，所以我必須繼續假裝成她的男朋友。」

「那你就繼續假裝吧。」我轉身要走回宿舍，「晚安學長。爲什麼當下，在球場的時候不過來對我說這些話呢？」我語氣嚴肅地問學長。

「拜託妳相信我。」學長咚地一聲跪在地上。「請相信我，我沒有欺騙妳。」

換我站在原地不知道該怎麼反應。

大晟和我，只是靜靜站在學長面前。

學長跪在地上的聲音那麼沉重，誰都無法忽視。

而，剛剛還晴朗的天空，現在突然有雨慢慢地落下來。

我當著大晟的面選擇了相信學長。

好軟弱的自己。

但當下我實在無法拒絕他，一個大男人當面下跪需要很大的勇氣，學長被雨打濕的模樣看起來分外狼狽。

我無法視而不見。

我無法不心軟。

於是我從大晟身後走出來，扶起跪在地上的學長。他一把抱住我，「妳相信我了？相信我了嗎？」

「嗯。」

「謝謝，謝謝。」學長開心地把我抱起來轉圈。

然後我看見大晟看著我，無聲地說了句，「不要再哭了。」接著揮揮手，慢慢地轉身，離開。

我想叫住大晟，想向他說謝謝，想……我不知道自己想做什麼。

「貴順……」

我回過頭看著學長。

「今天晚上去我那裡住好嗎？」學長看著我，眼裡燃燒著。

「不了。」我搖搖頭，「我其實還沒有那麼相信你。」

「怎麼了？」

「我從以前就覺得學長很遙遠，但遙遠有遙遠的美好，現在和學長之間的距離很近，近到我都看不清楚學長的樣子了。」我心裡有些話想說出來，「今天的事情或許是我沒有弄清楚就誤會學長，但學長對我來說依然是不夠熟悉的……」

是啊，不夠熟悉，爲什麼就和學長在一起呢？

爲什麼會貪戀學長的擁抱呢？

看著學長的眼睛，突然想起學姊的臉，今天下午看見學姊時，她彷彿也對我微笑。

「你們眞的分手了嗎？」

「眞的，我發誓。」

「是今天分手的？」

「陸陸續續提過很多次，但她都裝作不知道，繼續來找我，繼續假扮成我的女朋友。爲了不讓她病情加重，所以我一直忍下來，但今天我不能忍，因爲她的事情而讓妳誤會我，這是我不能忍受的。」學長吻著我的頭髮，「去我那裡，好不好？」

「不。」我堅定地搖頭。「晚安了學長。」

我輕輕地閃開學長的唇，從學長的懷抱中脫身，走進宿舍。

心裡面還在想下午的畫面和今晚的解釋，不知道爲什麼，還是有種不安的感覺。

回到房間，容榕揮舞著一封信，「來了來了！」

轉頭看見我，容榕驚叫，「怎麼渾身都濕了？」

「容榕……」我張開口想說什麼，卻被容榕打斷，「什麼都不要說，先去洗澡。」

站在浴室裡，閉上眼，任由熱水嘩啦啦地沖在身上，思緒一片混亂，今天發生的事情像電影連續播放，學長下跪的聲音重擊在我心上，再怎麼強硬都無法不被這幕打動。

但不知怎地，我一直記得大晟離開的那個畫面，記得他的臉，他揮手的動作，他轉身的側臉。他離開的瞬間，每個小細節都像慢動作一樣，在我閉上眼睛後重複播放。

不知道爲什麼，覺得很對不起大晟。

回到房間，容榕看著我，「發生什麼事情了嗎？」

我笑笑，「怎麼這麼問？」

容榕說：「剛剛妳手機一直響，接著寢電也響，那個祺瑞學長說要確定妳回到房間了，然後他叫我要照顧妳，他說今天妳累壞了。」

我聽著聽著，好像不認爲這是溫柔了。

「發生什麼事情啊？」容榕擔心地看著我。

我大概把今天發生的事情講述一遍，容榕邊聽邊生氣，聽到大晟點雞湯給我喝的時候，容榕小心翼翼地問我，「難道妳沒有覺得大晟喜歡妳嗎？」

「沒有。」我搖頭，「他對大家都很好。」

「眞的嗎？」容榕一臉狐疑。

我又接著把後來的事情講出來，容榕聽到學長下跪的時候，一臉不屑的表情，「這也太可悲了。」

「爲什麼？」

「我覺得一個男人用到下跪這招眞的很下流又可悲，無法博取人家的信任，就博取人家的同情。」

容榕的話講得很重，重得讓我有些想要爲學長辯護。

「妳原諒他了？」容榕看著我。

「也不是說原諒，可能原本就是我誤會他。」

「好吧，如果妳不介意，我也不好一頭熱。」容榕走回她的書桌，拿著一封信走過來，「二哥回信了，請您過目。」

我笑著接過信，一看信封，這字……歐「楊」貴順？貴還多一點，上面變成「虫」了。

「容榕，妳寫給妳二哥的名字是錯的嗎？」我拿著信封給容榕看。

容榕大尖叫，「啊！對不起我剛剛都沒有發現！如果我剛剛發現應該可以幫他偷改一下。」

「我信裡也有自我介紹啊，怎麼還會寫錯？」

「對不起啦，可能他沒有檢查，下次我會請他檢查。」容榕連連道歉。

「唉唷沒關係，不是妳的錯。」

我拆開信封，先是掉出一張照片，照片中有個剃平頭的男生，擺出健美的姿勢，背景是傳統市場賣包子饅頭的攤位，旁邊那攤賣的魚種類很多，看起來很新鮮。

接著，拿出兩張信紙，很好，兩張而已不會太多，信的開頭是這樣的（括弧內是我的OS）：

你好：（你？）

我是張崑志，張容榕的哥哥，比較帥的那個。

今天吃飯了嗎？要多吃飯，看照片妳太瘦了。

我身高一七六，體重八十，非常建康。（健康？）

我的興趣是吃飯和運動，喜歡吃的東西就是我們家自己賣的包子，小妹講的都是謊話，我不會罵髒話，也不喜歡喝酒吃檳榔。（這……）

我沒有不良嗜好，不喝酒，不抽菸，不吃檳榔，每天都在家裡幫忙做事，是新好男人。

我喜歡去唱卡拉ＯＫ，改天來這邊我請妳去唱，（卡拉ＯＫ？）沒有小姐，（小姐？）我和妳就好。

小妹在學校有乖嗎？不乖的話告訴我，回家我會好好交她，（交她？）不讓她欺復妳。

交筆友是小妹想的，她叫我要勇於嘗試，不可以再講台灣國語，他說大學生很棒，所以我要跟大學生在一起才會有氣質。

妳說家人很重要，要對家人好，我覺得很對，所以以後我會對妳好。（這什麼啊？）

……

底下還有，但我看到這裡已經滿臉黑線，拿著信走到容榕面前，小心翼翼地問她，「容榕，妳哥哥讀哪個大學？」

容榕不好意思地笑，「我哥哥沒有讀大學啦，他很孝順，高中畢業就回來幫忙家裡的生意，因爲我家賣傳統糕點，包子饅頭，年糕蘿蔔糕之類的，改天帶來給妳試試看。」

「喔。」原來是個孝順的哥哥，那他寫錯字我能體諒。「那個，妳要看一下妳二哥的信嗎？回去可以給他一點意見。」

「妳介意嗎？」容榕放下手中寫筆記的筆。

把信遞給容榕，順便偷看了一下容榕的字跡：工整、端正、總之非常好看。

哥哥應該向容榕多學學。

容榕接過信之後開始閱讀，表情非常豐富，有時皺眉，有時挑眉，有時敲敲頭，還會抓頭髮，最後，她臉色灰白地把信還給我，接著站起來對我深深一鞠躬，「我代替家兄向妳道歉。」

「不要這樣啦。」我哈哈笑，「妳不要這麼嚴肅，我純粹認爲妳哥眞是個性情中人，只是……家人這句是什麼意思？」

這句讓我非常害怕地抖了一下。

容榕無奈地對我說：「他可能要追妳吧。」

「追我？」

「是啊，因爲之前他都喜歡一些我爸媽不喜歡的女生，總是濃妝豔抹，穿小可愛超短裙加上網襪恨天高的打扮，差點讓我爸心臟病發，所以後來我媽就拜託我介紹大學生給二哥認識，但妳知道的，我二哥這狀況……」容榕有點苦惱，「不過沒關係，他向來都是三分鐘熱度，請妳就隨便回他信，他過一陣子就會放棄了，謝謝妳，眞的不好意思麻煩妳。」

「沒關係啦。」爲了救妳，我犧牲一點眞的沒關係。

不過，這封信倒是讓今天一整天的烏煙瘴氣變得不那麼讓人煩惱。

現在該煩惱的，是怎麼樣回這封信。

唉，換我要抓頭髮了。走回自己的位置上打開電腦，螢幕上顯示著有訊息，點開一看，是大晟。

「明天要提醒同學交作業喔。」他這麼說。

「好。」

這時我腦海裡又浮現大晟離開的身影，不知道爲什麼感覺很愧疚。

「大晟，對不起。」

大晟只回了個問號。

「今天的事情，對不起，讓你無端端地牽扯進來。」

「妳沒事就好，我還有實驗要弄，先這樣。」

看著大晟離線，突然覺得好難過。

身爲一個學妹，我給大晟帶來的麻煩眞是太多了。

心情正煩悶，媽媽就打電話來，我拿著手機往宿舍外走。「媽？」

媽媽對戀愛有特殊的見解，說不定她能幫上忙。

「小貴，今天有沒有想媽媽？」

「媽，我有事情想問妳。」

「什麼事情啊？」

「我室友她啊，來這邊讀書遇見她以前高中的學長，學長對她一見鍾情，於是追求她，他們就在一起。女生有一天看見學長以前的女朋友出現在學校裡，和學長一起，學長看見她了，當下沒有過來解釋，讓女生很難過地走掉，覺得學長欺騙她。後來學長一直在宿舍門口等著要向她道歉，我室友本來不想聽，想祝福他和他女朋友，但學長後來下跪，發誓他和女朋友已經分手了。我室友雖然原諒學長，總覺得心裡怪怪的，現在我室友心情很糟，我應該要怎麼安慰她？」

「喔！這樣啊……」媽媽好像很了解這種事情一樣，「媽媽覺得女生很容易被感動，但正因爲容易感動，所以更要清楚對方的舉動有什麼樣的理由，今天他如果眞的騙人，那就不是個好人，下跪就顯得很做作，如果他沒騙人，這種下跪的舉動就顯得多餘而沒有意義，無論如何，聽起來都像做戲，媽媽不喜歡。」

「這樣嗎？」媽媽的分析並沒有讓我心情好起來，反而更糟了。「所以他一定是在騙我……室友嗎？」

「其實……」媽媽慢慢地說：「我覺得妳室友自己心裡一定很清楚自己在對方的心中是什麼樣的地位，這個問題如果連她自己也不曉得，誰能給她答案呢？」

媽媽這句話，重重地打在我心上。

這答案，會是什麼？

第八章

「學長喜歡我什麼？」隔天和學長一起吃飯時，我這麼問他。

學長微笑，「問這什麼傻問題？當然是全部啊。」

「我的意思是，學長並不了解我，爲什麼說喜歡我？」

「妳以前寫給我的信，我都還留著。」學長慢條斯理地切著牛排，促狹地看著我，「那些信裡，可以看出妳是個很細心的人，而且妳在信裡講很多家卉的事情，家卉就是妳說的學姊，妳會說看見家卉和我一起，希望我們幸福之類的話。」

我很驚訝，沒想到學長還留著那些東西。

「我現在還是希望你們幸福。」

「貴順……」學長板起臉，「再這麼說我會不開心喔，我和家卉已經不是那樣的關係了。」

「那你們現在是什麼關係？」

「朋友。」

「嗯。」我低頭，看著眼前的沙拉，突然覺得有點沮喪。

感覺那些臉紅心跳的時刻都悄悄消失了，我忍不住問我自己，當初爲什麼會喜歡學長呢？我喜歡的，是以前打球的那個學長，還是眼前這個學長？

這問題很荒謬，但那些美好的印象、美好的感覺都在過去，能轉移到現在嗎？

我覺得自己剛和學長相遇時那種悸動很美好，學長的擁抱那麼溫暖，話語那麼溫暖，我很喜歡學長，可不可以不要讓這些感覺消失？

伸手過去學長那邊要拿番茄醬，我只抓到蓋子，結果一拿起來就整瓶往下掉，往學長那一頭打翻，還噴到學長的衣服。

「啊對不起對不起。」我趕緊道歉。

「沒關係。」學長抽了幾張衛生紙，先擦掉衣服上的番茄醬，接著對我說：「我去一下洗手間。」

服務生很快地走過來幫我清理桌面，我連連道歉，眞的很烏龍啊我，沒看清楚就把玻璃瓶給拎起來。

這時，學長的手機在桌上震動。

忍不住看了一下來電顯示，來電的人是「卉」，配合著學姊和學長兩人笑得燦爛的照片在閃動著。

這是分手的兩個人會設定的來電顯示圖片嗎？

愈想愈懷疑，忍不住偷偷抄下了學姊的電話號碼。

心裡有個計畫，慢慢地成形。

沒多久，學長走回來，衣服上的污漬還是很明顯。

「對不起。」

「沒關係啦。」

「學長，剛剛你手機有響。」

學長的臉色稍微變了一下下，只是一下下，但隨即又恢復了微笑。「是喔？」

「對啊，是學姊。」

「她又來了。」學長苦笑。

「學長……」我忍不住問：「如果學姊沒有生病，你還會跟她在一起嗎？」

學長說學姊之前就因爲他想休學重考的事情很不開心，跟他鬧脾氣，他也和學姊溝通了很久，後來學姊才答應讓他重考。他考上台北的學校之後，學姊每天都不斷地打電話給學長，問他在哪裡、在做什麼，很沒有安全感。

漸漸地，學姊連上學的心情都沒了，每天就是打電話給學長，哭著說很想他，要他快點回台中。可是學長沒有辦法，學姊要學長不准打球，因爲學長打球會有很多球迷，學姊怕學長會跟瘋狂球迷發生不應該發生的事情。

總之，學姊希望學長每天下課就回房間開視訊給她看，起床要報備、下課要報備、睡覺要報備，有時候睡覺睡到一半，還要接學姊的查勤電話。

久而久之，學長快崩潰，於是向學姊提出分手。誰知道學姊馬上就衝來台北，到學長住的地方吵吵鬧鬧，說她要死給學長看。

後來學長當然是安撫她，說不分手了，但希望學姊給他一些空間，這才換來學長可以打籃球的時間。雖然學姊還是嚴禁他打排球，不過至少有了一點自己的時間。

他說學姊生病了，常常在家裡自言自語說學長會來找她，說學長很愛他，說學長沒有要和她分手，學姊的媽媽也打電話給學長，請他不要離開學姊，否則她可能眞的會自殺。

「所以我沒有走，難道也是我的錯嗎？」學長那天講完故事後，是這麼問我的。

我沒回答，這不是誰的錯，只能怪命運捉弄人，學姊的不安全感，最終導致這樣的悲劇，是誰也不樂見的。

不知道學長說的這些話是不是真的，我很厭惡懷疑學長的自己。我應該相信他，如果我真的喜歡他，我應該要相信他說的話。

「如果能給彼此自由，或許是比較好的吧。」學長低頭。「我不是沒有掙扎過，我也不是沒有努力過……但是面對這樣的狀況，就是愛情會一再一再地消磨殆盡。」

愛情，真的是道難解的習題。

不論怎麼樣，這習題都沒有標準答案。

沒有人可以一百分，也沒有人有自信能從來不犯錯。

吃完飯，我還得上課，於是學長帶我回學校之後就自己回家了。他住校外，沒課的時間總是待在家，我會想著他是不是要回家和學姊視訊。

懷疑就是這樣，當種子悄悄地發芽之後，就再也無法從心裡拔除。

捏緊了手上寫著學姊電話的紙條，心裡很掙扎。

我到底要不要去追尋答案呢？

整堂實驗課，我都在想這件事，以致於做錯了很多步驟。和我同組的廖若蓁淡淡地說：「自己不專心，不要連累別人好嗎？」

「對不起對不起。」我連忙道歉。

廖若蓁看也沒有看我一眼，又是淡淡地問：「要應付太多男生所以很累嗎？」

「說這什麼意思？」聽到這句話，我火氣整個衝上來。

廖若蓁停下手中操作著的器具，臉上沒有什麼表情地說：「不就是這樣嗎？每天在宿舍前上演不同的戲碼。」

「妳什麼都不知道，少在那裡亂說。」我指著廖若蓁大聲起來，「妳懂什麼？」

講完這句話，我突然想起自己指責晴云時的樣子。原來我也是這種人，原來我在別人的眼裡並沒有比較好。

我這一叫，班同學全都停下動作，實驗課助教趕緊走過來，「學妹，怎麼了嗎？」

原來被人誤解的心情是這樣，原來有苦說不出來是這種感覺。

「妳不要以爲長得漂亮就可以玩弄別人，我就是看不慣妳這種人。」廖若蓁還是輕描淡寫的口吻，「我不會讓妳繼續欺騙大晟學長的。」

從她口裡聽見大晟的名字，我著實嚇了一跳。

「既然有男朋友，就請離大晟學長遠一點。」廖若蓁微笑著對我說，接著繼續手中未完的實驗。

我走出教室，往大晟他們實驗室跑過去。

站在大晟的實驗室門口，猶豫著該不該進去。其實我不知道爲什麼自己要跑來這裡，只是，聽見廖若蓁的話，覺得很生氣。

我明白了當天晴云生氣的原因。

我不是那樣的人，我沒有要欺騙大晟，大晟一直都是我最好的學長。

伸出手想要敲門，卻遲遲沒有動手。

「唷，小貴，怎麼不進去？」長下巴學長的聲音比人更快到，他幫我打開門。「請進。」

走進實驗室，我沒看見大晟，「大晟呢？」

「他去游泳了。」

「游泳？」

長下巴學長坐到自己的位置上，開始玩暗黑三。「嗯，他最近都去游泳，他說不想打羽球。」

「為什麼？」

「我說學妹啊，有很多事情，妳要自己看清楚啊。」長下巴學長的野蠻人在煉獄難度一下子就死了。「我不能說的事情，不代表妳不能問我。」

什麼意思？

「大晟在游泳池，快去吧。」

離開實驗室，我頓時有種不知道該往哪裡去的感覺。我該怎麼辦才好？

然後，我手機響了，是不認識的號碼。

「喂？」

「妳是……歐陽貴順嗎？」這是女生的聲音。

「是，妳是？」

「我是姚家卉，賴祺瑞的女朋友。」

我腦海中有炸彈轟炸開來。「學姊……」

電話那端的聲音顯得極為友善，「貴順，我可以這樣叫妳嗎？」

「可以，學姊。」

「我想，妳應該有很多問題想問我，對吧？」

電話那端的聲音，聽起來完全不像學長形容那種歇斯底里的女生，相反地，她給我一種很平靜的感覺。

「我在台北，要見個面嗎？」

「好。」我只能呆呆地點頭。

一小時後，我和學姊坐在和學校有點距離的咖啡店見面。

爲什麼這種嚴肅的聊天都要約在咖啡店呢？

到達這間店裡，一走進去，有個短頭髮的女生向我招手，「這裡。」

走到位置上坐下，眼前已經有杯熱飲。

「不知道妳喝不喝咖啡，所以幫妳點了巧克力牛奶。」學姊從容大方地笑著，「可以嗎？」

「嗯。」我點頭。

學姊看起來不像生病的人，臉色紅潤，講話聲音平穩，笑容可掬，怎麼也不像學長形容的樣子。

「我就開門見山地說了。」學姊清清喉嚨。「妳應該認識我吧。」

「嗯，我知道妳是學姊。」我點點頭，「我高中的時候，就知道妳和學長在一起了。」

「既然妳知道……」學姊非常乾脆地問：「爲什麼還會被他騙呢？」

「學姊，對不起。」我其實也不知道自己爲什麼要道歉。

「不需要道歉，這些年來我面對的事情夠多了。」學姊微笑，「今天找妳出來，主要也不是要妳覺得有罪惡感，而是要把祺瑞和我之間的事情告訴妳。」

「學姊……妳……」我支支吾吾的，不知道該不該問。

學姊笑了，「祺瑞這次怎麼告訴妳的？我們已經分手了？」

我抬起頭，驚訝地問：「呃？」

「女人最悲哀的，就是愛上不應該愛的人，祺瑞在我的心裡，已經是永遠了，所以我能容忍他的一切，即便是背叛。」學姊啜著咖啡，「我們的故事，要從很久很久以前說起，那時候他剛開始打球，還不是主力球員的時候，我們就在一起了。從他當候補球員開始，到變成主力球員，到保送進體育大學，都是我在他身邊。只是，人是會變的，進了體育大學，術科的要求相對於高中減輕了許多，他開始和身邊喜歡他的女生曖昧，並且樂在其中。」

我感覺自己渾身發冷。

「他會說我有病，所以他不能離開我，或許是對的吧。這麼多年來，我好幾次都很想離開卻又走不掉，我太愛他，愛到身邊所有人都叫我要放手，很悲哀吧。但這麼多年來，我愛著他的代價，就是看著他和許多女生糾纏。我很痛，誰又能看見？沒有人。在他身邊的女人永遠相信他的話，他太溫柔太讓人沉迷，我能明白。」

「一直都忍著，一直都不想說什麼。那天妳來到球場，我看著妳，心裡立刻就了解了，當下我也覺得好像被打了一拳，妳散發出一種若即若離的感覺，是他喜歡的那種女生，所以他爲了妳向我提分手。這麼多年來，經過這麼多女生，他也第一次終於提了分手……」學姊的眼淚慢慢滑落，「愛一個人，眞的很悲哀。」

「學姊……」我不知道該怎麼回話，這些話的衝擊還在心裡跳動著。

學姊試著微笑，那微笑在我眼裡看起來好美，她說：「妳很聰明，應該能夠了解這樣的牽扯，我想掙脫卻掙脫不開。祺瑞對我來說，是枷鎖，交往許多年的執著。」

當眼淚從學姊的眼眶滑下，我了解她那份感情有多痛。面對一個慣性背叛的男人，她走不掉，卻也無法假裝不介意，只能任由那些痛，日日夜夜地啃食自己的意志。

「我這次是扮演什麼角色？有神經病的？想自殺的？還是只是已經分手卻不斷糾纏

的呢？我有沒有叫他每天回家和我視訊？我有威脅他要自殺嗎？」學姊邊哭邊說，連帶我的眼淚也跟著掉下來。「這六年來，我經歷過許多許多這樣的事情，上次是一年多之前，祺瑞在我面前跪下，發誓說他再也不會出軌，再也不會這樣對我，沒想到還是……那天看見妳的表情，我就知道這一切又重來了。我相信妳懷疑過他，妳討厭過他，但最後妳還是會原諒他，因爲他的眼神那麼清亮，表情那麼誠懇。這麼多年來，他第一次對我說了分手，他眞的說了分手，他說他很喜歡妳，他說妳和其他人不一樣，他說他已經不愛我，早就不愛我了……」

學姊看著窗外，眼淚以飛快的速度落下。

我咬住下唇，逼自己不要有太多情緒上的反應。

「妳可以不相信我，但我想妳一定知道誰說的才是眞話。」學姊站起來，「還有，我一直都在台北念書，不需要視訊，他回家之後要和誰聊天都是他的自由，和我一點關係也沒有，他是不是想約妳去他住的地方？」

我驚訝地看著學姊，而她笑了，「這樣，妳就知道我這幾年過的是怎麼樣的生活了吧？就算如此，我還是離不開，我沒答應他分手的事情，就算他說了不愛我，我還是愛他。我知道自己很悲哀，或許有一天，我想開了，就可以自由了吧。」

「我說完了，當然妳還是可以繼續跟他在一起，我只是想告訴妳，故事總有兩面，妳要選擇相信誰，都是妳的自由。我只是太痛，痛到不能一個人承受。很抱歉讓妳加入了這故事裡來攪和。」

學姊沒有說再見，兀自站起身來，踩著高跟鞋噠噠噠地離開，留下我坐在位置上，無助地看著窗外車水馬龍的街頭。

眼前的飲料已然冷卻，就像我的心。

沒有辦法說出任何話語，一個字都不能，學姊的話像把刀，用力地插進我心裡。

那些話語，那些讓人覺得學長很辛苦的話語，都只是學長爲了脫罪而編織出的謊言。

一個女人，能有多少青春來用心對待一個男人？六年能換來什麼？

手機響起，是學長。

看著震動著的手機，我猶豫著不知道該不該接起來。

拿起手機，「學長？」

「在哪裡？」學長的聲音聽起來很輕快，我卻覺得很虛假。

這一切，都虛假得讓人想吐。

「我和學姊見面了。」我淡淡地說，說完之後，感受到空氣突然凝結。

「她說了什麼？」學長警戒地問。

「所有的事情。」

「那不是眞的！」

「我已經不想知道什麼是眞的了。」我非常緩慢地說：「學長，請不要再次對不起愛你的人。」

「妳誤會了，我眞的喜歡妳。」

想著剛剛學姊的眼淚，自己也忍不住哭了，但我堅定而毫不猶豫地對學長說：「如果可以，我也想裝作不在意，繼續喜歡你。但現實很殘酷，只要想到這樣的喜歡建立在學姊無盡的痛楚之上，我就覺得自己應該要被千刀萬剮。你爲什麼不好好對學姊？爲什麼一而再再而三地背叛？你還要下跪多少次？」

學長沒有回答，他只是嘆氣。「這次不一樣，妳不一樣。」

我的眼淚也忍不住滑落，「學長，請你好好地和學姊在一起，祝你們幸福。」

掛斷電話之後，我沿著長長的路，慢慢往學校方向走回去。不論多遠，只要專注地往前走，總會到達目的地。

我終於明瞭。自己所熟悉的學長的背影，永遠只能是背影。

因爲學長的正面所代表的，是我不能了解的世界。

慢慢往學校前進，給自己思考的時間。

這樣的結果，答案是什麼已經很明顯。

我是不是和談戀愛沒有緣分？爲什麼每次一談戀愛總是要弄得狼狽不堪呢？

手機一直不斷震動著，我都不想接。除了學長還會有誰呢？不管他是不是要跟學姊分手，那樣的糾葛是切不斷的，他和學姊之間那些千思萬縷是外人沒有辦法介入的。

我不知道誰說的話是眞的，我再也不想知道答案了，只想遠遠地離開。

不知道要走去哪裡，只好往體育館的方向前進，走進體育館，我看見許多在打羽球的人。下意識地搜尋大晟的身影，才想起長下巴學長說大晟現在不打羽球了。

找了個位置坐下，靜靜看人跑來跑去地抽球、吊球、殺球，聽著羽球鞋和木板地相互摩擦的聲音，羽球拍清脆地集中球的聲音……

就這麼坐著，只是坐著。

沒有想哭的情緒，也沒有要發洩的衝動，只想要靜靜地，自己一個人。

憑藉著過去的印象喜歡一個人，憑藉著那些虛無的喜歡去跟學長在一起，到最後賠上了許多人的感情，包括我自己。

喜歡，是什麼？

愛情，是什麼？

我沒把自己的情緒弄清楚，就這麼莫名其妙地陶醉在那些呢喃與擁抱裡，陶醉在學長的溫柔微笑裡。是啊，我還是很喜歡他的微笑，我還是很喜歡他身上傳來的味道，我還是喜歡他小小聲地對我說他喜歡我。

但是，那又怎麼樣呢？

這不是我可以得到的喜歡，學長喜歡的，可能也只是我給他的距離感。

因爲距離，所以我們在對方眼裡都不是原本的模樣，我們用距離營造美感，營造那些似是而非的溫柔。在面對面的那些短暫相會裡，給對方的親吻和擁抱都是美麗的，卻忘記我們眞正需要去面對的，是那些影像後赤裸裸的、最原始的自己。

學姊才是那個能看見最眞實的學長的人。

不管他們以後會如何，都是存在彼此心裡重要的曾經。

我能存在誰的心裡呢？

不知不覺，場上的人們都下場休息，開始整理球袋。不久後，人陸陸續續地離開，場地的燈光也關得只剩一盞。

有個人影慢慢地由遠而近，站在我面前。

「同學，要閉館了，得請妳離開唷。」

輕聲道了謝，慢慢地離開體育館。還是不知道要往哪裡去，就隨便走吧。

我看著地面，一步一步往前走，不想抬頭看，也不想知道我在哪裡，就這麼往前走，會到哪裡去呢？

「小貴？」突然有人叫住我。

停下腳步，卻不想抬起頭，怕一抬起頭，眼淚就要掉下來。

我其實不難過的，我不難過，我不斷告訴自己我不難過，請不要打擾我。

我不應該難過，比起學姊，我更沒有資格。只是一個多月的溫柔，怎麼比得上六年的感情？

我沒資格覺得難過。

「小貴？」這聲音我是認得的，他的手緊緊箝住我的雙臂。「抬頭，小貴。」

我搖搖頭，「不可以。」

接著他用手抬起我的下巴，一雙擔憂的眼睛出現在我面前。「怎麼了？」

我看著他，不知不覺竟然紅了眼眶，「大晟。」

「怎麼了？」大晟笨拙地拍著我的背，「不要哭啊。」

「我不可以難過的！不可以。我一直不斷告訴我自己這種事情不值得我難過，應該要去哪裡大聲罵髒話，罵完就要忘記這些事情。但是爲什麼我覺得好難過，爲什麼？我知道學姊比我更難過，她才是應該哭的那個人……」我開始大聲起來，「我的存在傷害了學姊，但我又何嘗不是受到傷害的那個人？」

「小貴……」大晟拿出一條大浴巾蓋住我，「想哭就哭吧，但是要記得，哭這一次就好。」

我沒說話，大晟看著我，眼神很清亮。「哭吧，我陪妳。」

總是這樣的，大晟總是溫柔地陪伴著我，希望我能把所有情緒哭完發洩完，重新回到那個自己。

我抓著那條浴巾蓋住自己，悶著頭，放聲大哭起來。

第九章

不知道過了多久，我終於停止哭泣，接著開始覺得有點丟臉。在路上碰到大晟，連個問候也沒有就抓著人家大哭起來，眞的有點誇張。

掀開浴巾一小角偷看，發現大晟趴在他自己的膝蓋上。

「咦？」把浴巾從身上拉開，小小聲地叫，「大晟。」

大晟沒有回應，我靠近一看，才發現他已經睡著了。

我笑出來，也才發現自己還能笑。

大晟眞的很好笑，爲什麼會在路邊睡著，是眞的很累嗎？長下巴學長的話突然閃過腦海，才想到大晟可能是去游泳，難怪頭髮還濕濕的，腳上也穿著夾腳拖鞋。

我靜靜地坐著，沒有叫醒大晟。剛剛他陪著哭泣的我，現在，就換我陪他吧。

靜靜坐著，晚上的風有點涼意，還好有大晟的浴巾，披在身上倒也挺溫暖。

慢慢整理自己的情緒，哭過一場之後好多了。原來哭眞的能夠發洩情緒，這段故事，關於我的部分，應該就在這裡收尾結束。

「嗯……」大晟抬起頭，揉著眼睛。

「啊，對不起我睡著了，妳等很久了嗎？」大晟有點不好意思地抓抓頭。「好像一下子游太久，超出負荷了。」

「沒關係，你也在等我。」我笑笑。

「沒有啦。」大晟站起來，看看錶，突然有點驚慌地說：「啊，已經八點多了！肚子餓嗎？吃飯了嗎？應該還沒吧。」

很少看見大晟驚慌的樣子，我覺得充滿趣味。「我不餓。」

「喔好……不……」大晟十分手足無措，他轉轉頭，接著有點困難地開口，「那……那妳陪我吃飯，好、好嗎？」

「耶？」這倒是第一次，以往我說不餓，大晟都會乾脆地說好，然後轉身就離開，沒想到今天竟然開口叫我陪他去。

「不、不行嗎？」

「你今天為什麼一直口吃？」

「那個，俊廷說，不……和他沒有關係，總之，我也是得稍微加點油，沒錯。」大晟講得零零落落。

俊廷是誰？我聽到這名字，疑惑了一下，然後想起來這是長下巴學長的名字，哈哈，周俊廷，很難記吧。

「所以，妳……要和我一起去吃飯嗎？」

「好吧，勉強陪你。」我故意這麼說。

我們往校外走，途中會經過研究生宿舍，大晟說他要進去換個衣服，不然很難看。

「不會難看啊。」我看著大晟的裝扮。

「不行，這是要去游泳的打扮。」大晟堅持，「而且穿夾腳拖去吃飯很怪。」

「好吧。」

「我換個衣服就好，請等我一下。」

望著大晟走進去，我在宿舍外面踢著地上的樹葉，無聊地走來走去，原來在宿舍外面等人這麼無聊，平常在女宿外面等人的那些男生眞有耐心。

手機震動起來，我一看，是學長。

看著螢幕猶豫了一下，不知道要不要接。想一想，也該把事情好好說清楚，該結束的時候就好好地結束。

「喂？」

「妳在哪裡？」

「外面。」我怕學長跑來堵我，所以不想把地點告訴他。

「外面的哪裡？」

「學長有什麼事情嗎？」

「妳在做什麼？」

「學長你到底想說什麼？」

「嘟」地一聲，學長把電話切斷。

我一頭霧水地看著手機，不懂為什麼學長來電問了這兩句話又掛掉。正在疑惑的時候，大晟走出來，「不好意思讓妳等，我們走吧。」

「嗯。」把手機放進背包，跟著大晟繼續往前走。

「原來是這樣。」身後突然傳來學長的聲音。我嚇了一跳，轉身發現學長就站在不遠處，手裡還握著手機。

學長帶著怒意，大踏步地往我這方向走過來，大晟不知為什麼又擋在我身前一步。

「這就是原因嗎？」學長的臉上沒了微笑。

「學長說什麼，我不明白。」我說。

「因爲妳和這個大晟在一起，所以才選擇分手嗎？」

這是什麼跟什麼啊？難道就是傳說中「做賊的喊抓賊」的道理？

「學長，你知不知道自己在說什麼？」我本來還對學長有一絲絲眷戀，如今都在這句話當中消失殆盡。

「我說，妳是不是像人家說的一樣劈腿，同時有很多男朋友？」學長的語氣愈來愈不鎮定。

「人家說的？劈腿？」我被這幾個字弄得頭昏眼花，劈腿？這也說得太誇張，我突然生氣了，「學長，請你想清楚，今天從頭到尾有女朋友卻沒說出來的，是你！有女朋友還對我甜言蜜語，主動說喜歡我的，是你！現在學姊找到我，把事情都告訴我了，我願意退出，成全你們，你卻跑來這裡興師問罪是爲了什麼？你有什麼臉，有什麼資格站在這裡，指著我的鼻子說我劈腿？」

講完之後，我還意猶未盡地罵他，「而且『人家』指的是誰？是誰說出這種話，把人給我叫出來對質！在背後中傷別人的傢伙，肯定會被拔舌頭！拔舌頭！」

「妳不要管是誰說的，總之妳自己做了什麼自己明白，跟我在一起，又和這個大晟每天出雙入對的，是不是有問題？」

「小貴不是這種人。」大晟突然莫名其妙地說了一句話，「她是很眞誠的女生，她很認眞地喜歡一個人，不會欺騙別人感情的。」

「你又知道什麼？她現在就在欺騙你！」學長冷冷地回大晟，「女人都是虛僞的，你怎麼知道她是不是每天排好時間給你和我？」

「你到底在胡說些什麼？」聽見這句話，我眞是整個人氣到有點抓狂，生平最痛恨別人亂加罪名在我身上，「今天如果我有錯，就是錯在相信你那些甜言蜜語！我錯在憑藉著以前模糊不清的崇拜就喜歡你！對，我有錯！錯在我不應該接受你！我從來沒有劈腿！從來沒有！劈腿的是你！是你！」

學長也有點動怒，「我都已經要跟她分手了，妳爲什麼不肯等一等？」

「不管你是不是要跟學姊分手，就算你跟她分手了，我還是不要跟你在一起，因爲你徹頭徹尾是個爛人！我最討厭你這種滿口謊話又自以爲溫柔體貼的人！你明白了嗎？」

「妳！」學長往前一步就要揚起手，被大晟一把扣住手腕。

「請自重。」大晟堅定地看著學長，「我已經說過，小貴不是那種人，她不是隨隨便便的女生，她很真誠地對待每一個人，單純、沒有心機地和大家相處，這些我是知道的，請不要隨便誣賴一個女生，這樣對她來說傷害很大，我希望你現在不是要動手，我很看不起對女生動手的男生，所以如果你要動手，我可能不會忍住。」

「你！」學長掙脫不開大晟的箝制，漲紅著臉說：「好，我不動手，你放開我。」

大晟放開學長的手，誰知道一放開，學長假裝轉身要走，卻反手給了大晟一拳，重重打在大晟的臉上。

大晟退後一步，學長往前，結果大晟抓住學長就是一個俐落的過肩摔，接著大晟把學長壓制在地上。「我說過請你自重，否則我不會忍，我不打架，並不代表我不會打架。」

學長躺在地上，倔強地不肯回話。

我走過去請大晟放開學長，蹲在地上對學長說：「學長，你心裡知道你和學姊的關係是怎麼樣的，你們那麼多年的感情，而且學姊她真的很愛你，請不要再踐踏學姊對你的心意。」

我冷靜地繼續說著，「謝謝學長曾經的溫柔相待，我會放在心裡。但隨著我們之間的距離愈來愈近，我才發現自己對學長漸漸失去那種喜歡的感覺。我其實沒有想像中那麼喜歡你。學姊的話讓我思考了很多，也讓我發現這一點。很抱歉，我要修正我剛剛說的話，我不想跟你在一起不是因爲想退讓，而是因爲我發現自己沒有那麼喜歡你。」

學長掙扎著站起來，身上沾到了許多草。大晟上前一步站在我身邊，怕還會有狀況。

我堅定地看著學長的眼睛，慢慢地說：「請跟我分手吧，學長。」

學長看著我，靜靜地，沒有說任何一句話。他的眼神此刻已經不再狂亂。

「或許從今以後，還能看著學長打球的身影，但我們沒有辦法並肩走在一起，請放開我的手。」

學長終於露出那個熟悉的微笑，慢慢地說：「妳會後悔的。」

「我不會。」說完，我拉著大晟轉身離開。

我沒有回頭看，因爲我怕自己回頭看還是會難過。

我說謊，我其實還滿難過的。

「不是說了只能哭一次嗎？」大晟淡淡地說。

「好。」我抬起頭，希望那些眼淚都停在眼眶裡面不要流出來。

我們就這樣慢慢往前走，不再回頭看了。

隔天去上課，身爲助教的大晟走進教室立刻引起一陣騷動。我想說怎麼班上同學最近這麼愛戴他，仔細一看，天啊，他右臉腫了起來，臉頰上大片紅腫的瘀青超顯眼，難怪大家驚呼連連。

我立刻走過去，「大晟，還好嗎？」

「還好。」大晟倒是一副沒事人的樣子。「過兩天就好了。」

「痛嗎？」我皺著眉頭，要不是因爲我，大晟也不會平白無故挨這麼一拳。

「還好。」大晟笑笑，「只是看起來比較嚴重，實際上沒什麼，不用想太多。」

由於上課時間已經到了，大晟叫我趕緊回座位。

走回座位時，感覺好像有人看著我。轉頭搜尋來源，發現是廖若蓁，她正惡狠狠地瞪著我，表情非常憤怒。

我這又是招誰惹誰了。

好不容易解決學長的事情，現在想回到平穩簡單的學生生活，結果沒事出現個女生看起來超討厭我的，眞是奇怪。

故意轉頭不想再看她，老師也剛好進來。

我心裡還是覺得很奇怪，想起上次無故被廖若蓁抹黑，也還覺得很生氣，她沒道歉就算了，今天這樣又是哪招？

上課的時候胡思亂想，下課的時候自然一頭霧水，剛剛抄好的筆記，下課一看完全都不懂了，我慘了我。

趕緊捧著筆記去找大晟，希望大晟可以幫我指點迷津。

因爲大晟他們實驗室的門在樓梯口轉角過去一點點，上樓時常常可以聽見長下巴學長的大嗓門嚷嚷著要去吃飯玩耍把妹打電動之類的邀約，那時候覺得很奇怪，爲什麼老是長下巴學長在約這些事情，後來才知道他離門最近，聲音最明顯，哈哈。

依循著以往的路線走上三樓時，突然聽見有人說：「大晟學長，你怎麼了？」

喔？有八卦？

我站在樓梯口，偷偷探頭往實驗室方向看，發現那聲音是廖若蓁。

奇怪？平常和我講話語氣就平平淡淡，現在竟然高八度還裝可愛。

「學長，會痛嗎？」廖若蓁拿著毛巾按在大晟的臉上，一臉擔憂。

「有一點。」

「學長，你和歐陽貴順很好嗎？」

提到我做什麼？

「還不錯。」

「學長，我跟你說，你不要和歐陽貴順走太近，她心機好重。」

哼，當妳有一根手指頭指向別人的時候，別忘記還有四根手指頭指著自己。

「不會啦。」

「怎麼不會？我跟你說，我常常看見她和物理系那個男生在宿舍門口摟摟抱抱，還會接吻，那個學長還會摸她。奇怪，這麼飢渴，怎麼不去開房間？」

這、不、是、事、實。我開始有點生氣了，在這裡造謠生事是怎麼回事？

我承認自己和學長在宿舍門口接吻過，不過也只有兩次，而且學長沒有亂摸我好嗎？難道被摸了我自己還不知道嗎？

「這樣說別人不太好。」大晟說：「學妹，我還有事……」

「學長，你喜歡過人嗎？」廖若蓁突然來個大轉彎，問了個完全不相干的問題。

「呃……有啊。」

「你和人接吻過嗎？」

大晟沒說話，廖若蓁又接著說：「那我可以親你嗎？」

廖若蓁眞的很無聊耶！

「呃，學妹我，嗯……」

我等了一下，大晟這句話怎麼拖那麼久都還沒說完，探頭出去一看，廖若蓁放下了手中用來冷敷的毛巾，兩隻手環繞著大晟的頸項，把嘴唇貼在大晟的嘴唇上。

這……這畫面太過震撼，我站在原地無法動彈，手中的筆記掉到地上，腦中一片空白。

「嗨，小貴貴，妳怎麼躲在這裡？走，我們去實驗室玩啊。」身後傳來長下巴學長大嗓門的喊叫，接著他就踩上階梯，也看見了我所看見的畫面。「哇！」

這聲音讓唇瓣相接的兩個人分開，兩雙眼睛往我和長下巴學長這邊看過來。

廖若蓁得意地笑著，而大晟則是有點慌。

我撿起地上的筆記本，迅速轉身下樓，身後，長下巴學長不斷叫著，「小貴貴，妳要去哪裡？小貴貴……」

我跑下樓，心裡撲通撲通地跳。剛剛的畫面還在我眼前，彷彿除了那個畫面，我看不見其他東西。

爲什麼我會覺得不舒服？

爲什麼看見那樣的畫面，我心裡有點酸酸的？

胡亂地把筆記本塞進書包，背著書包一路衝回宿舍。我沿路狂奔，應該引起很多人的側目吧。但我不想停下來，雖然心臟狂跳，呼吸像要喘不過氣來一樣痛苦。

回到宿舍時，房間都沒有人，大家都還在上課。

把書包丟著，坐在椅子上，大口大口地吸氣。

手機隨即響起來，是大晟。

怎麼辦？

這時候，容榕打開門進來，一看見我，她就說：「小貴，妳怎麼臉色白得像鬼？」

我虛弱地笑笑，還無法讓狂跳的心臟平穩下來。

手機響完，換寢電響。

容榕接起電話，「哈囉。」

「貴順嗎？」容榕轉向我，我對容榕搖搖頭，「她還沒回來，等她回來我請她回電給你，嗯，拜拜。」

容榕掛斷電話對著我走過來，「是大晟，你們發生什麼事情了？」

我抓著容榕，「容榕，不對勁，事情不太對勁。」

「怎麼了？」

我把剛剛看到的事情對容榕說了一遍。

容榕聽完之後說：「很正常啊，這不就是告白嗎？」

「告白？」

「是啊，這女生應該喜歡大晟吧。」

「喜歡大晟？」

容榕看了我一眼，「有什麼不對，大晟是很不錯的男生，有人喜歡不是很正常嗎？」

「他的確是個好人沒錯。」我低下頭。

「當然，比起物理系學長來說，大晟是沒有那麼帥，也沒有又大又迷人的眼睛，眉毛沒有那麼挺，整體來說那個什麼祺瑞學長的確是帥很多沒錯。」

容榕妳到底支持誰？

「罷特，人生最重要的就是這個罷特……罷特男朋友重要的不是帥，是心。」容榕把手放在胸口，用一種很奇妙的眼神看著我，「心這種東西和臉不一樣，臉看得見，心是看不見的。」

「妳到底想說什麼？」我問。容榕臉上明顯寫著「我有話要說」。

「當局者迷，旁觀者清啊。」容榕丟下這一句，然後開始喃喃自語，「刑法第二二四條強制猥褻罪，對於男女以強暴、脅迫、恐嚇、催眠術或其他違反其意願之方法，而爲猥褻之行爲者，處六月以上五年以下有期徒刑。不知道這個廖若蓁是不是猥褻大晟啊……還是通姦，難道是通姦嗎？」

我沒有理會容榕後續說了什麼，腦海裡一直在想著廖若蓁向大晟告白了。

萬一大晟答應，他們不就變成情侶了嗎？

爲什麼我想到這件事心裡會不舒服呢？爲什麼我想到他們兩個接吻的畫面也會覺得不舒服呢？

這是爲什麼？

還在一片混亂中，晴云回來了，一看我和容榕都在寢室，就說：「今天有個可愛的男生跟我搭訕喔。」

「是喔，很好。」容榕說：「那有接吻嗎？」

「爲什麼會接吻？只是搭訕耶！」晴云一副不可思議的樣子。

「人家小貴的同學跟學長告白的方式，是直接親了再說。」

「那麼衝喔！」晴云整個大興奮，「我要聽我要聽。」

「我不想講。」我苦著一張臉，「我想到那畫面會不舒服。」

「怎樣的不舒服？」容榕臉上又帶著「我知道喔」的表情說話。

「就不舒服，覺得很不舒服。」我搖頭。

「喔！」晴云看了容榕一眼，接著也俏皮地說：「是說那件事嗎？」

「對，就是那件事。」容榕肯定的點頭。

「她還不知道？」晴云又問。

「肯定還不知道。」

這兩個人的對話到底是什麼意思，我愈來愈搞不懂了。

頭好痛，我不想再想那個畫面了，廖若蓁，走開！

逃避了好幾天不願意去上課，也不知道爲什麼。

總覺得在這樣的狀況後面對大晟有點奇怪。我自己一直在想，我又不是大晟的誰，爲什麼看見大晟和別人接吻要反應這麼大呢？難道因爲對象是廖若蓁？

「敵人的朋友，就是敵人」，這樣嗎？

大晟只有當天和隔天打了電話給我，之後就完全無消無息，讓我的心情更不好，搞不好這幾天廖若蓁已經告白成功，兩個人一時天雷勾動地火，一發不可收拾地談起戀愛了。

想到這種可能，心裡就更加不開心。

但最迷惘的是，我到底爲什麼要不開心呢？

大晟得到幸福，我應該祝福他啊，之前我自己還不是一直想介紹容榕給他認識，但後來比較沒時間所以還沒有約。

今天是第四天了，再繼續蹺課下去，我怕很快就要跟學校說再見，然後打包行李回台中。

容榕和晴云都去上課，房間空蕩蕩的，好吧，既然不去上課，去圖書館念個書至少感覺不那麼空虛。

邊唉聲嘆氣邊整理書包，整理好，下樓往圖書館方向前進。沒多久，好像看見熟悉的身影。

是晴云和容榕。

她們在這裡做什麼？我偷偷摸摸從背後靠近她們，還好這裡樹蔭夠密，容易藏匿，以後應該去選修軍訓課，學些偽裝隱匿的技巧才對。

「等一下要約會？」容榕用手肘頂了頂晴云的手臂。「跟誰啊？」

晴云自從開始化淡妝，桃花運大開，比以前化濃妝的時候更多人追，不過晴云現在常常拒絕別人，也快要跟我一樣被說成「柳難約」了。

「江大晟。」

「喔。」容榕好像一點也不驚訝，「怎麼又是他。」

大晟？難道？

難道學長的事情又要發生了嗎？現在不只帥的不能相信，連老實的也不能相信了嗎？我低下頭，突然有點難過，而且這對象還是自己的室友。

「他就很多事情要問啊。」晴云不耐煩地回答，「每天都小貴小貴的，又不是對我有興趣，我還要常常和他吃飯，這樣我身價會降低耶。」

咦？我是不是聽到我的名字？

「唉唷，這也難爲他了。」容榕接著說：「小貴一進來就被那個學長用甜言蜜語拐走了，當然看不見這個木訥到爆炸的大晟。」

什麼？容榕也知道？

「上次他約我們去吃飯，講到小貴的時候，還連話都說不好，說因爲學長的事情，請我們要好好看著小貴，不然他怕小貴會不吃飯不睡覺之類的。自己那麼擔心又不跟小貴說，老是在背後偷偷地幫她。」晴云講著講著，又嘆口氣，「不過這樣眞好，有個人默默替自己擔心，大晟眞的是個好人。」

晴云又說：「小貴也眞是，我都暗示得那麼明顯，她連猜也不猜一下，大晟喜歡她這件事還不夠明顯嗎？難道得拿著玫瑰花單膝下跪告白，小貴才會知道嗎？」

「不知道學長當初怎麼向小貴告白的？」

晴云哼了一聲，「那種男人，肯定是用些迷幻的招數，輕聲細語地講些喜歡啦，妳好香之類的吧。這種男人見多了，就想讓女人沉溺在那種浪漫的氣氛裡手到擒來。和大晟這種悶著頭苦幹實幹型的不一樣，陪打球陪吃飯陪寫功課陪聊天，還得忍受對方喜歡別的男生，眞堅忍不拔。我想，如果小貴拒絕他，容榕妳就去告白吧。」

「爲什麼是我？」容榕大喊，「我不喜歡單眼皮的。」
「單眼皮可以割啊，割完要多深有多深。」
「割完還不是假的，一看就知道是假的。」
「跟妳說喔，我的雙眼皮是割的。」晴云小小聲地說，但還是被我聽見了。
「什麼？」容榕仔細地看著晴云的眼睛，「好自然喔！好吧，我考慮一下好了。」
接著她們兩人邊講就邊走遠，留下我一個人站在樹後面，像個小偷一樣。
我開始慢慢拼湊自己所聽到的消息，大晟會找容榕和晴云出去聊我的事情，會交代她們兩個在我和學長出狀況的時候好好照顧我，會陪打球陪吃飯陪很多事情……
這是眞的嗎？
其實大晟對我這麼好，我有時候也會胡思亂想一下，但又覺得學長這麼有責任感地照顧學妹，我卻把人家的好意當成企圖，實在太下流了，所以後來就沒有多想。
沒想到是眞的。
但是眞的又怎麼樣？我無法回應。
現在的心情太過混亂，感情的事，對我來說太沉重了。
走著走著，發現自己走來實驗室，也好，大晟要和晴云出去，現在應該不在實驗室，遇見也不會尷尬。

「小貴貴！」這背後靈般的嗓音又出現了，可眞準，老是遇見他。

「學長好。」

「怎麼老是叫我學長，來，叫聲俊廷來聽聽。」

我露出噁心的表情，「不要。」

「不公平，妳都直接叫大晟的名字，都不肯叫我，差別待遇！」

「哪裡有。」我小小聲地反駁著。

是啊，爲什麼整個實驗室的學長我都稱呼爲學長，只有大晟是叫名字呢？

「說眞的，小貴貴。」長下巴學長突然嚴肅起來，「認識這麼久了，學長想提醒妳，有時候，眞的對妳好的人會說的話都不太中聽，像我。眞的關心妳的人，不會把關心一直掛在嘴巴上……」

我好像聽出了弦外之音。

「學長，大晟他……」

「大晟現在不在，有什麼事情妳盡管問我，對於大晟的事情我知無不言。」長下巴學長拍胸脯保證。

出口。

「大晟是不是喜歡廖若蓁？」其實本來想問他是不是喜歡我，但這種話我著實問不出口。

「啊？」長下巴學長下巴突然掉下來，「我沒聽清楚，妳再說一遍？」

「我是說……」我認眞地要再說一遍。

「妳還眞的要給我再說一次，妳是不是眼睛有問題，還是腦袋有問題？大晟就算有喜歡的人，也不會是那個廖什麼的啊。」

「可是他們接吻……」我有點遲疑地說。

「接吻？那哪叫接吻，那叫被侵犯好嗎？」長下巴學長指著我說：「妳妳妳……妳記得妳手機摔壞的那天，妳向大晟借手機要打電話給妳媽媽嗎？」

「記得啊。」

「妳知道他爲什麼沒說話嗎？」

「爲什麼？」

「這就是答案了，妳看。」長下巴學長把他的手機遞給我。「這是我拍他手機的照片。」

照片上是另一支手機，而手機的螢幕桌面，是我笑得燦爛的相片。

不知道這照片是什麼時候拍的，但照片裡的人是我沒有錯，那是我看著某處開心地笑的照片。

答案昭然若揭，但他眞的什麼都沒說，什麼也沒表示。我低低地說：「他都沒告訴我。」

「還不夠清楚嗎？」長下巴學長有點激動地問我，「妳以爲講些我喜歡妳之類的風花雪月就是愛情嗎？大晟陪著妳打球、陪著妳吃飯，每次回實驗室總是繼續改作業、跑程式、跑實驗，常常弄到兩三點，妳和那個物理系學長分手時，大晟交代妳室友一定要陪著妳，沒事就打電話找妳吃飯，希望妳快樂一點，還爲了妳挨對方一拳，這就不是喜歡嗎？一定要每天在那裡我愛你你愛我的嗎？」

長下巴學長罵完我，我突然覺得很難過，「但是，我已經無法回應他了。」

「爲什麼？」長下巴學長問我。

我看著地板，默默開始掉眼淚，「我覺得……自己已經失去喜歡人的能力了。」

我很害怕，我覺得自己沒有辦法再相信誰。

我害怕相信。

害怕喜歡一個人。

這種感覺，像掉入無止境的黑暗深淵中，什麼都看不見也什麼都做不了，只是無助地等待時間一天一天過去，而希望漸漸消失。

第十章

長下巴學長很久都沒有回答我。

在一片沉默之中，只聽見風聲呼呼地吹過，還有機械系尚未離開的學長姊在樓上樓下偶爾傳來的笑聲和說話聲。

「我先走了，學長晚安。」因爲不能忍受這種沉默，所以選擇逃避。

講完之後我回頭想要下樓，轉頭，卻看見了長下巴學長沉默不語的原因。

大晟正站在樓梯口。幾天不見，不知道是我看錯，還是他眞的瘦了一圈。

突然間我驚慌起來。「大晟……」

長下巴學長這時候說：「都聽見了也好，大家互相溝通方便，我先離開了。」

聽著長下巴學長的腳步聲走遠，我和大晟之間還是沒有交談。

接著大晟輕輕咳嗽了幾聲走過來，「吃飽了嗎？」

我搖搖頭，「不餓。」

「要走一走嗎？」

看著大晟，他態度從容自然，好像剛剛的話他都沒有聽見一樣。我希望他沒有聽見，雖然大家都說他喜歡我，但他本人還沒有跟我說過，所以我是不是應該當成這件事情不存在呢？還是應該和他好好把話講清楚？「好。」

跟著大晟走下樓，沿著校園慢慢散步。

「剛剛的話你都聽見了？」我問大晟。

「聽見了。」

「大晟，大家都說你喜歡我，是真的嗎？」我鼓起勇氣這麼問。

「呃……應該是吧。」

「那……」其實我也不知道這句話後續該怎麼接。

「我想，就順其自然吧。」大晟這麼回答。

這回答令人摸不著頭腦，於是我問：「什麼？」

「人都會變的，或許妳會變，或許我會變……」大晟有點自嘲似地笑笑，「以前，她說過要等一個人，等她回頭找我，等了許多年，在我已經走出那些陰影漸漸忘記時，她突然出現，對我張開雙手說她回來了。我很錯愕，但因爲答應過她，所以還是接受她，只是我已經想不起來當初在一起的時候是什麼樣子，最後只剩下無盡的爭執。沒多久之後，她說喜歡上別人，要跟我分手，說眞的，那時候我鬆了一口氣。現在我不給承諾，除非我眞的可以做到。」

大晟也有那樣的過去。

「我的確覺得妳是很好的女生，現在也喜歡妳。但我不能告訴妳我會等妳想回應的時候再來找我。因爲那時候妳改變了心意，可能我也改變了心意。」大晟好像有點抱歉似地看著我，「現在說這話，可能更加深妳不想談感情的情緒，可能讓妳更加相信喜歡一個人不是好事情，但我認爲，隨便給妳承諾，對妳來說更不公平。」

「所以……」我深呼吸，「我們還是可以和以前一樣當單純的學長學妹，假裝都不知道這件事情嗎？」

「我也不知道。」大晟苦笑，「我沒試過。」

話題在這裡結束，因爲我不知道要怎麼繼續和大晟說下去，所以就回房間了。

回到房間，容榕和晴云本來正在聊天，看見我進門，兩個人都噤聲沒繼續說話。

我看了她們一眼，淡淡地說：「我已經都知道了。」

「知道什麼？」

「知道晴云今天和大晟吃飯……今天下午我要去圖書館的路上，看見妳們兩個人在聊天。」

她們兩個倒是沒有表現得太驚訝，晴云接著問我，「那大晟要離開的事情，妳也知道了嗎？」

離開？這怎麼回事？

聽到這兩個字，我瞪大眼睛，晴云她們立刻發現我什麼都不知道，於是又把後續的事情說出來。

「大晟前陣子申請了研究生去國外交換學生的計畫，現在初試通過了，正要準備口試和研究計畫資料，如果通過，可能就會去美國或日本。今天他約我出去，是希望我和容榕在往後的日子裡能夠和妳好好相處，如果他眞的離開，也要我們替妳介紹男朋友，他說不需要爲了他把妳顧好，因爲妳有妳的生活，這也是他一直都沒有向妳表白的原因之一，當然也因爲妳之前跟學長在一起。」

其實有些細節我聽得不是很明白，但大晟一直有在準備交換學生這件事我從來不知道，長下巴學長也沒提過。

「他要走了？」我喃喃自語。

「沒那麼快啦，口試還要一陣子，眞的通過也還要準備，所以如果一切順利的話，應該也還要一個月吧，確切時間大晟也沒說得很清楚。」晴云趕緊回答我。

「其實，如果妳不是很喜歡大晟的話，我想應該就不要耽誤人家，他值得那種全心全意對他的女孩子。」容榕聽完晴云的話，突然有感而發，「妳也知道，不能全心全意的話，對對方來說不是愛，而是凌遲，所以妳要想清楚。」

大晟的話、晴云的話、容榕的話全都在耳邊嗡嗡響著，我坐在自己的座位上，消化這些突如其來的資訊，腦袋一片混亂。

不是眞正能做到的事情，不要給承諾。

而我能做到什麼，我自己也還不清楚。

那天開始，我仍然過著和以前一樣的生活，照舊幫大晟收作業。只是因爲大晟很忙，所以我們都沒有約去打球，也很少出去吃飯，兩個人的距離好像比以前更遠了。以前我還會問他戀愛上的問題，現在我們的話題除了功課，就是研究。

我一直都沒有再提起那天的事情，大晟也沒有。

我們的關係，可能因爲彼此都心知肚明，所以變得有點尷尬。

我仍然不知道該怎麼放下害怕，專心地喜歡一個人。

而時間過得飛快，大晟申請的交換學生計畫悄悄通過，下週就即將前往美國進行爲期六個月到一年的讀書生涯。

看見消息公布在系上公布欄時，我心裡一驚，想著消息怎麼這麼快就發布了，和晴云談話不是前幾天之前的事情而已嗎？

然後，大晟就從我的生活消失了。

雖然偶爾在網路上還會遇見，不過他的白天是我的晚上，通常沒能好好聊個天就各自去上學或做其他的事情。

他的Facebook也很少更新，去問長下巴學長，他也說很少和大晟聯絡。

大晟，好像就這麼默默地淡出了。

但人好像總是有種劣根性，我也不例外，到了這個時候，我才想到以前大晟所給過我的一切。從初來乍到的時候，到最後告別，她都是那麼細心地在替我著想。

這幾天放假適逢老爸生日，跑回久違的台中家裡，和爸媽共享天倫之樂。現在，媽媽已經從一天打五六通電話，變成五六天才打一通電話，有時候還對我說沒事不用一直打電話回家，浪費電話費。

這就是人會改變的一個活生生的例子。

「小貴，今天爸爸生日，我們全家要一起出去吃飯慶祝唷。」媽媽打扮得光鮮亮麗，一副要去約會的模樣。

「唉唷，媽，都結婚二十多年了，還會為了出門精心打扮喔？又不是約會。」

「小貴，人啊，要把握現在有的時間，我和爸爸雖然已經結婚二十多年，可是誰都不知道我們能不能一起過下一個生日、下一個結婚紀念日，所以每一天我都非常珍惜和爸爸相處的時光喔。」媽媽很認真地對我說：「我和爸爸也是經歷過很多事情才在一起，如果當時我們彼此有多一點點的懷疑，現在就沒有可愛的妳和嘉嘉陪在我們身邊。所以人一定要把握時間，把沒有說的話說出口，不要讓自己有後悔的藉口。

「不要還沒開始，就先放棄了。」媽媽看著我，竟然也露出了富有深意的眼神。

她是什麼時候學會這招的？今天嗎？

吃飯的途中，我收到長下巴學長的簡訊，說大晟待的實驗室因為氣體操作不當發生爆炸，現在狀況不明，聯絡不到大晟。

看完簡訊，我以爲是惡作劇，還打電話回去想罵長下巴學長。不料學長的電話一直電話中，沒多久，學長回電給我，語氣很疲憊地問我找他什麼事。我仔細地把事情都給問清楚，學長說他們現在也還在處理，有最新的狀況會再通知我。

那天晚上我向爸媽報備過後，就立刻搭夜車上台北。回到學校時天剛亮，衝去實驗室果然燈火通明，長下巴學長一臉鬍渣地來開門。

「聯絡到了嗎？」

「嗯。」

「怎麼樣？」

在等待長下巴學長回答的這段時間，我從來沒感覺自己那麼無助過，一心希望大晟平安，只要平安就好。

「他……」長下巴學長深呼吸，閉上眼睛。

我這時呼吸都快停了，心臟跳得快要炸開來。「怎麼了啊？」

「妳要做好心理準備。」長下巴學長又繼續說：「他……」

「到底怎麼了？」問這句話的時候我眼淚已經不受控制地噴出來。

「他沒事，爆炸的是他們隔壁那間實驗室。」

「他沒事……」講完這三個字之後我軟腳，整個人跪坐在實驗室門前。「沒事就好。」

「小貴貴啊，我說……」長下巴學長惡意地笑著，「妳是不是喜歡我們家大晟啊？」

我白了他一眼。

「有花堪折直需折，莫待無花空折枝……」長下巴學長竟然還會吟詩。

「你又知道了？」

「我是不知道，不過剛剛有人哭了喔，哭了喔哭了喔……」長下巴學長無限迴圈地說著「哭了喔」。

「吵死了！」害我一夜沒睡覺。

我怒氣沖沖地走回房間，室友都還在睡，一夜沒睡加上剛剛的折騰，我很快就昏死在床上。

醒來，已經下午一點多，室友們都出去了。晴云在桌上留了紙條說四點半要打羽球。

晴云現在交了個羽球隊的男友，每天都甜甜蜜蜜地一起練球。晴云也算很爭氣，從拍子都拿不好。進步到可以跟男友打一局得三分左右。

容榕則是維持原來的樣子，她都沒有變，依然每個月持續哀求我回信給她二哥。二哥寫的信錯字也愈來愈少，不過他最近說要上來找我去唱卡拉ＯＫ，讓我很煩惱，我已經推辭了三次，這下子找不到其他理由推辭。

我起床梳洗完畢，神清氣爽地去吃飯，手機裡還收到長下巴學長的訊息說什麼還在哭嗎？不要傷心，大晟向妳問好之類的三八訊息。

到達羽球場時，意外地非常多人已經在練習了，這才想到系際杯要開打了，如果這時候大晟在，我們系隊也應該在練球。

因爲晴云還沒到，我挑了個位置坐在那邊看。

想起之前不開心時，也跑來羽球場看人打球撫平情緒。

看著看著，心裡有種情緒漸漸浮現，羽球場上此起彼落的喊叫聲、加油聲、交談聲、笑聲……突然就交織成一首曲子。

名爲想念的曲子。

我想念這些聲音，想念這個球場，想念一起打球的人。

想念大晟。

這瞬間，我終於知道那些情緒所爲何來。

走回寢室的路上，到處都是一對對情侶。

其中有一對正在吵架，女生在哭，而男生對她說：「哭哭哭，只會哭，下次自己找地方哭，不要在我面前哭，愈看愈煩！」

聽見這句話，我停下腳步，多看了那男生一眼。

爲什麼同樣是男生，大晟卻會說出完全不同的話呢？他說如果我要哭，要在他面前哭，至少他能陪著我，請我千萬不要笑著面對他，卻在轉身後掉下眼淚。

大晟的溫柔一直都存在，只是我沒有發現。

只是我一直都太自私，要求大晟要做出些什麼，我才能回應。

現在，我不等待什麼奇蹟，而要去追尋。

飛機抵達ＬＡ機場時，陽光燦爛得刺眼。

我拖著行李箱走出入境大廳，就看見大晟站在欄杆邊，露著一口白牙笑啊笑的。

「累嗎？」大晟問我，一陣子不見，他皮膚變黑，人也變結實了。

「不累，我有問題想問你。」這件事情一定得先解決才可以。

「什麼問題？」

「你是不是喜歡我？」我鼓起勇氣看著大晟的眼睛。

「是啊。」大晟態度倒是挺從容的。

「那……你願意當我的男朋友嗎？」我單刀直入地問，這是媽媽教的，一定不要給對方思考的時間，立刻問就是了。

「我害怕……」大晟這時候反倒扭捏起來，講話支支吾吾地，「我害怕……」

「害怕什麼？」

「我害怕妳不會問我這問題。」大晟突然俏皮地笑出來。

「你很機車耶，以前怎麼都不會這麼機車。」

「人是會變的。」大晟一把摟著我，「來這裡之後，同學們教我好多女生的事情。」

女生的事情？我立刻警戒地看著大晟。「你……該不會已經有女朋友了吧？」

「當然有囉。」大晟連講話速度都變快了。

「在哪裡？」

「在我的手機桌面。」大晟把手機遞到我面前，那張熟悉的照片我是看過的。照片裡的我，看著某處開心地笑著，神情自然。

我看著照片，心裡忍不住覺得好想哭。

「我終於看見這張照片了。」我握著手機，欣賞著這張在長下巴學長手機裡翻拍副本的原始檔案。

「不，是妳終於看見我了。」大晟牽起我的手，「女朋友。」

我的眼淚，在這時候不爭氣地落下，轉過身，不想讓大晟一見面就看見我的眼淚。

結果大晟抓住我的肩膀，讓我轉面向他，嚴肅地對我說：「要哭，就在我面前哭，不要轉身偷偷哭，我看不見妳，就無法分擔妳的痛。」

「我又不是因為難過才哭的。」我嘟嘴。

大晟拍了一下自己的頭，「也對！好吧，那妳轉過去哭。」

「喔，你很討厭耶。」我佯裝生氣。

接著，我們相視而笑。

陽光很燦爛，而未來，正要開始。

【全文完】

後☆記

留在心中的故事

大家好，又到了後記的時間。

這次的故事不知道大家覺得怎麼樣？有沒有比較開心？

之前因爲老是寫很悲傷的故事，部落格上大家每次回應都是一邊讀一直哭，我很捨不得，所以這次寫了一本青春無敵絕對不會哭的小說，希望大家看了不要再哭了，要開心點。

一定要說本次故事原名《看我，貴順》，取自於Bigbang的歌曲，本來想繼續用歌名當小說書名，但《看我，貴順》實在是太搞笑，放在架上可能沒有人想拿下來看，所以只好忍痛換了書名。新書名我也很喜歡，符合我天性愛浪漫又可愛（？）的性格。

另外，不知道大家有沒有發現，這次故事延續我想推廣運動的精神，繼排球之後，再度推廣了羽球，因爲自己以前讀運動休閒研究所的關係，所上全是一些名人，像是羽球國手程文欣、跆拳道小金蘇麗文、超馬選手林義傑，全都是我們所上的學生，研究生時期我也全都在運動，非常健康，而且很有趣，希望大家拿出時間一起運動，哈哈哈，下次我來寫寫跆拳道好了，專訪一下蘇麗文。

一直都很享受寫小說的感覺，在故事裡陪著主角一起經歷那些開心或傷心的事情，我常常覺得自己不是在創造故事，而是把主角們的故事寫出來和大家分享。我寫故事很少打草稿或寫大綱，通常都是開了稿就開始寫，有時，寫到一半會有人問我故事接下來會怎麼樣，但其實我答不出來，因爲會發生什麼事情不是我能控制的，而是主角們自己的意志，不知道這次故事裡，大家最喜歡誰呢？

如果要問我，我應該最喜歡物理系學長吧，因爲他長得帥（羞），對不起，我就是容易被帥哥騙的類型。

最近還去清境放鬆了一下，在微涼的天氣中，漫步在充滿羊群的青青草原，心情整個都好起來，大自然果然具有療癒人心的力量。在那邊待了三天，有一天選擇去合歡山攻頂。之前研究所時期爬過玉山，這次覺得合歡山實在是太平易近人，下午三點多爬上去，五點不到就下山了，下山的時候看到一排人，不誇張，眞的有一整排的人，架著價值不斐的相機，全都站在稜線上拍攝，攝影眞是需要無比的勇氣啊。

因此，雖然把稿子帶上清境寫，心情卻是愉快的。

我很喜歡這個故事，簡單不複雜，非常輕鬆，推薦給大家。

下次見，揪咪。

玉米虫

二〇一二年九月十四日

國家圖書館出版品預行編目資料

不在轉身後哭泣 / 玉米虫著. -- 初版. -- 臺北市；
商周，城邦文化出版；家庭傳媒城邦分公司發行,
民 101.10
面 ； 公分. --（網路小說；205）

ISBN 978-986-272-256-5（平裝）

857.7 101018970

不在轉身後哭泣

作 者／玉米虫
企畫選書人／楊如玉、陳思帆
責 任 編 輯／陳思帆

版 權／翁靜如
行 銷 業 務／李衍逸、蘇魯屛
總 編 輯／楊如玉
總 經 理／彭之琬
發 行 人／何飛鵬
法 律 顧 問／台英國際商務法律事務所 羅明通律師
出 版／商周出版
台北市中山區民生東路二段 141 號 9 樓
電話：(02) 2500-7008 傳真：(02) 2500-7759
blog：http://bwp25007008.pixnet.net/blog
email：bwp.service@cite.com.tw
發 行／英屬蓋曼群島商家庭傳媒股份有限公司城邦分公司
聯絡地址：台北市中山區民生東路二段 141 號 11 樓
書虫客服服務專線：(02) 25007718．(02) 25007719
24小時傳真服務：(02) 25001990．(02) 25001991
服務時間：週一至週五09:30-12:00．13:30-17:00
郵撥帳號：19863813 戶名：書虫股份有限公司
讀者服務信箱 email：service@readingclub.com.tw
城邦讀書花園網址：www.cite.com.tw
香港發行所／城邦（香港）出版集團有限公司
地址：香港灣仔駱克道 193 號東超商業中心 1 樓
email：hkcite@biznetvigator.com
電話：(852)25086231 傳真：(852) 25789337
馬新發行所／城邦（馬新）出版集團 Cité(M)Sdn. Bhd.
41, Jalan Radin Anum, Bandar Baru Sri Petaling,
57000 Kuala Lumpur, Malaysia.
電話：(603) 90578822 傳真：(603) 90576622
email:cite@cite.com.my

版 型 設 計／小題大作
封 面 插 圖／粉橘鮭魚
封 面 設 計／山今伴頁
電 腦 排 版／浩瀚電腦排版股份有限公司
印 刷／高典印刷有限公司
總 經 銷／高見文化行銷股份有限公司
電話：(02)2668-9005 傳真：(02)2668-9790
客服專線：0800-055-365

■ 2012 年（民 101）10月5日初版 Printed in Taiwan

定價 / 180元

著作權所有．翻印必究

ISBN 978-986-272-256-5

城邦讀書花園
www.cite.com.tw

商周出版

廣　告　回　函
北區郵政管理登記證
台北廣字第000791號
郵資已付，免貼郵票

104台北市民生東路二段 141 號 2 樓

英屬蓋曼群島商家庭傳媒股份有限公司　城邦分公司

請沿虛線對摺，謝謝！

商周出版

書號：BX4205　　書名：不在轉身後哭泣　　編碼：

請於此處用膠水黏貼

商周出版

讀者回函卡

謝謝您購買我們出版的書籍！請費心填寫此回函卡，我們將不定期寄上城邦集團最新的出版訊息。

姓名：＿＿＿＿＿＿＿＿＿＿＿＿＿＿＿＿ 性別：□男 □女

生日：西元＿＿＿＿年＿＿＿＿月＿＿＿＿日

地址：＿＿＿＿＿＿＿＿＿＿＿＿＿＿＿＿＿＿＿＿

聯絡電話：＿＿＿＿＿＿＿＿＿＿ 傳真：＿＿＿＿＿＿＿＿＿＿

E-mail：＿＿＿＿＿＿＿＿＿＿＿＿＿＿＿＿＿＿＿＿

學歷：□1.小學 □2.國中 □3.高中 □4.大專 □5.研究所以上

職業：□1.學生 □2.軍公教 □3.服務 □4.金融 □5.製造 □6.資訊

□7.傳播 □8.自由業 □9.農漁牧 □10.家管 □11.退休

□12.其他＿＿＿＿＿＿＿＿＿＿＿＿＿＿＿＿

您從何種方式得知本書消息？

□1.書店 □2.網路 □3.報紙 □4.雜誌 □5.廣播 □6.電視

□7.親友推薦 □8.其他＿＿＿＿＿＿＿＿＿＿＿＿

您通常以何種方式購書？

□1.書店 □2.網路 □3.傳真訂購 □4.郵局劃撥 □5.其他＿＿＿＿＿

您喜歡閱讀哪些類別的書籍？

□1.財經商業 □2.自然科學 □3.歷史 □4.法律 □5.文學

□6.休閒旅遊 □7.小說 □8.人物傳記 □9.生活、勵志 □10.其他

對我們的建議：＿＿＿＿＿＿＿＿＿＿＿＿＿＿＿＿＿＿＿＿

＿＿＿＿＿＿＿＿＿＿＿＿＿＿＿＿＿＿＿＿

＿＿＿＿＿＿＿＿＿＿＿＿＿＿＿＿＿＿＿＿

＿＿＿＿＿＿＿＿＿＿＿＿＿＿＿＿＿＿＿＿

＿＿＿＿＿＿＿＿＿＿＿＿＿＿＿＿＿＿＿＿

請於此處用膠水黏貼